Sara-Maria Lukas

EIN MACHO FÜRS MÄUSCHEN

plaisir d'amour

Sara-Maria Lukas
Hard & Heart 4: Ein Macho fürs Mäuschen

© 2016 Plaisir d'Amour Verlag, D-64678 Lindenfels
www.plaisirdamourbooks.com
info@plaisirdamourbooks.com
Covergestaltung: © Mia Schulte
Coverfoto: © MilosStankovic – Istockphotos.com
ISBN Taschenbuch: 978-3-86495-267-8
ISBN eBook: 978-3-86495-268-5

Sämtliche Personen in diesem Roman sind frei erfunden.

Kapitel 1

„Mist!" Wütend donnert Anna die Fäuste gegen das Lenkrad. Stau. Ausgerechnet heute. Was für ein Scheiß! Stöhnend legt sie den Kopf an die Nackenstütze und starrt gegen die hässlich beige Sonnenblende des unauffälligen Mittelklasse-Audi. Sie wird unpünktlich sein, und das ausgerechnet bei Pascal Engel, dem Geheimtipp, dem Superausbilder der besten Bodyguards Deutschlands, dem Ausbilder, dem man auf Knien danken darf, wenn man es nur auf die Warteliste schafft. Peinlich, oberpeinlich, scheiß-mist-superpeinlich.

Wenigstens muss sie keine Angst haben, aufzufliegen. Alles hat reibungslos geklappt. Christian wird erst Ende der Woche wiederkommen und das gebrauchte Auto fährt zuverlässig, obwohl der Händler einen ziemlich dubiosen Eindruck gemacht hat. Ihr Plan funktioniert.

Im Schritttempo geht es weiter. Ein Blick auf die Uhr lässt sie mit den Augen rollen. Das Handy surrt. Genervt tippt sie auf den Knopf der Freisprecheinrichtung. „Ja."

„Hi Anna, ich bin's, Caro!"

„Hi, was gibt's?", seufzt Anna.

„Meine Güte, wie bist du denn drauf?"

Anna lacht. „Sorry, Carola, liebste Freundin. Ich steh im Stau und bin genervt. Hat nichts mit dir zu tun."

„Na, da habe ich ja noch mal Glück gehabt. Am Freitag hat Maria Geburtstag. Wir wollen sie mit einer Schampusparty überraschen. Bist du dabei?"

„Sorry, Caro, ich bin diese Woche auf Fortbildung und weiß nicht, wie lange es am Freitag geht. Kann sein, dass ich erst Samstag wieder in Berlin bin."

„Och Mensch! Da ist dein Mann endlich mal verreist und du kannst trotzdem nicht. Wie blöd! Was für eine Fortbildung?"

„Ähm …" Anna zieht die Stirn kraus. „Buchführung."

„Oh je, du Arme. Warum musst du dir so einen trockenen Mist antun?"

Anna seufzt. „Weil Christian will, dass ich alle Bereiche der Firma kenne, bevor ich in der Firma Verantwortung übernehme."

„Na, dann wünsche ich dir, dass wenigstens einige junge, gut gebaute Buchführungsspezis dabei sind, wenn dich dein Mann schon mal für eine ganze Woche allein aus dem Haus lässt. Passiert ja nicht allzu oft." Schrilles Kichern dringt aus dem Lautsprecher, und Anna verdreht die Augen.

„Danke. Vielleicht habe ich ja Glück", antwortet sie gepresst. „Du, ich muss jetzt Schluss machen, fahre gerade zum Tanken raus. Ich melde mich am Wochenende, okay?"

„Okay, tschau Anna", wieder kichern, „viel Spaß mit den Sexen, äh, Zahlen."

Anna drückt das Gespräch weg. „Gott, wie dämlich. Gut, dass dieses Handy in ein paar Stunden für immer stirbt und du mich nicht mehr nerven kannst", murmelt sie und wirft einen Blick auf das Navi. Die Baustelle ist nicht mehr weit. Mit viel Glück ist sie vielleicht doch noch pünktlich.

„Hier ist es." Aufatmend betätigt Anna den Blinker und biegt in die schmale, holprige Zufahrt ab. Das

Navi hat sie brav zu dem einsam gelegenen ehemaligen landwirtschaftlichen Betrieb geführt, in dem die Lehrgänge von Pascal Engel stattfinden.

Nachdem sie das Auto neben einigen anderen Wagen mit verschiedenen Kennzeichen geparkt hat und ausgestiegen ist, sieht sie sich gespannt um. Es ist wohltuend still. Nur sanftes Blätterrascheln von alten, urigen Bäumen und ein paar Vögel, die fröhlich ihr Lied zwitschern, sind zu hören. Anna atmet tief durch. Sie schafft das. Ja, sie hat ein gutes Gefühl.

Vor der Haustür reden zwei Personen miteinander, eine zierliche Frau mit einem langen, blonden Zopf am Hinterkopf und ein großer, schlanker, aber muskulöser Typ mit streichholzkurzen Haaren, der garantiert Pascal Engel ist. Anna kennt zwar nur Bilder von ihm, aber sein Gesicht ist so markant, dass eine Verwechslung kaum möglich ist.

Eilig läuft sie auf die beiden zu. „Guten Tag."

Die Frau erwidert fröhlich lächelnd den Gruß, er nickt knapp und mustert sie ungeniert von Kopf bis Fuß. „Anna Moritz, nehme ich an?"

Anna strafft sich. Arroganter Affe. „Ja, tut mir leid, dass ich so spät bin, hab in einem blöden Stau gesteckt."

„Ella Petersen, Pascal Engel", stellt er die Frau und sich knapp vor, ohne auf ihre Entschuldigung einzugehen. Beide halten ihr die Hand hin und Anna drückt sie nacheinander.

Dann deutet er mit dem Kopf Richtung Scheune. „Die anderen warten schon."

Mit großen Schritten marschiert er über den Hof und Anna läuft leicht angesäuert hinterher. Etwas mehr Höflichkeit könnte der Typ sich ja wohl abringen. Immerhin sind seine Lehrgänge nicht gerade die billigsten dieser Art.

Er öffnet eine kleine Seitentür und lässt Anna den Vortritt. Da, wo eigentlich Heu und Stroh lagern sollten, befindet sich ein großer Trainingsbereich mit Fitnessgeräten, Kampfmatten, Spinden, Stühlen und Regalen voller Waffen - oder sind das Attrappen? - und allem möglichen anderen Equipment für Personenschützer.

In der Mitte des Raumes stehen junge Leute in einer losen Gruppe zusammen und unterhalten sich. Alle tragen Trainingsklamotten und Anna kommt sich in ihrem Bürooutfit selten dämlich vor. Sie stockt. „Ich denke, ich ziehe mich schnell um", murmelt sie und will Richtung Ausgang umkehren, doch Pascal Engel hält sie am Arm zurück. „Nachher."

Die anderen Lehrgangsteilnehmer drehen sich ihnen zu und Anna kommt sich noch bescheuerter vor. Kann der Typ sie vielleicht mal loslassen?

Ungerührt geht er weiter, und sie müsste schon die Füße in den Boden stemmen, um sich loszureißen. Das tut sie natürlich nicht, wäre ja noch peinlicher vor der ganzen Gruppe. Sie sieht nur zwei Frauen. Alle anderen sind Männer, und alle tragen diesen typischen selbstzufriedenen, arroganten Macho-Ausdruck in ihren Gesichtern spazieren. Wie ätzend.

Ganz ruhig, beschwört sie sich innerlich, sie will hier vier Wochen lang etwas lernen, danach können diese beknackten Typen sie mal kreuzweise. Also, jetzt keinen Ärger anfangen, sondern hübsch gelassen bleiben.

Pascal lässt sie los und tritt einen Schritt zur Seite, der Blick auf die anderen Teilnehmer ist vollständig frei und … sie erkennt ihn sofort. Auch seine Augenbrauen zucken reflexartig hoch.

Anna erstarrt zur Salzsäule. In ihren Ohren rauscht es und vor ihren Augen flimmert es. Dieses Gesicht wollte sie niemals in ihrem Leben wiedersehen.

„Hey Anna! Das ist ja eine Überraschung!"

Sie presst die Hände zu Fäusten zusammen, atmet tief durch und zwingt sich zu einem halbwegs normalen „Hallo".

Pascal guckt irritiert von ihr zu Max, der deutlich erstaunt, aber lächelnd, seinen Blick über ihren Körper gleiten lässt.

„Wir sind zusammen zur Schule gegangen", erklärt er Pascal und wendet sich wieder ihr zu. „Mensch Anna, wie schön, dich zu treffen. Ich habe oft an dich gedacht und mich gefragt, was aus dir geworden ist."

„Ich nicht", erwidert sie trocken und Max runzelt die Stirn. Er kommt allerdings nicht dazu, das Gespräch fortzusetzen, denn Pascal hebt eine Hand, um sich Aufmerksamkeit zu verschaffen. Sofort sind alle still und er beginnt seine Einführungsrede.

Max fährt sich durch die Haare. Es ist nicht zu fassen, Anna, seine erste und einzige große Liebe, ausgerechnet hier wiederzutreffen. Wie oft hat er darüber nachgegrübelt, warum sie damals so plötzlich und ohne jeden Abschiedsgruß verschwunden ist, und nun steht sie vor ihm. Leibhaftig, unversehrt, in voller Größe und noch schöner als damals.

Während er mit halber Konzentration Pascal Engels Ausführungen lauscht, mustert er die Liebe seines Lebens. Nie hat er sie vergessen, keine Frau nach ihr weckte die Gefühle in ihm, die sie geweckt und dann so böse enttäuscht hat. Vielleicht empfand er nur so intensiv, weil er jung und naiv war, vielleicht war sie aber wirklich die Eine, die einzige Eine, die, die einem nur ein Mal im Leben begegnet, DIE eine große Liebe.

Fuck! Er kann sich gerade noch ein Kopfschütteln verkneifen. Große Liebe, so ein Quatsch. Inzwischen ist er erwachsen und weiß, wie das Leben und die Frauen funktionieren. Entschlossen verschränkt er die Arme vor der Brust. *Verdammt, Anna, du wirst mir diese Woche sagen, warum du mich damals so verarscht hast*, beschließt er grimmig. Das ist sie ihm schuldig, und er wird sie nicht in Ruhe lassen, bevor sie nicht redet.

Sie sieht immer noch … einfach wow aus. Die langen, leicht gewellten, dunkelblonden Haare mit helleren Strähnen wirken wie eine ungebändigte Mähne und ihr Körper ist genauso schlank und sportlich wie damals. Die braunen Augen in dem zierlichen ovalen Gesicht strahlen immer noch Wärme aus, aber sie presst die schön geschwungenen Lippen fest aufeinander und zieht die akkurat gezupften Augenbrauen leicht zusammen. Dadurch wirkt sie arrogant, verbissen, vielleicht sogar verbittert. Und die kaum sichtbaren Falten an den Augen und den Mundwinkeln sind keine Lachfalten, so viel ist mal sicher.

Sie würdigt ihn keines Blickes. Lächerlich. Was bildet sie sich eigentlich ein? Als hätte er ihr etwas getan und nicht umgekehrt.

„Der Einfachheit halber duzen wir uns während des Lehrganges", sagt Pascal, nachdem er kurz seinen Werdegang und die Ziele der Ausbildung erläutert hat. Dann erklärt er in kurzen, knappen Sätzen den Ablauf der einzelnen Wochen. Als er fertig ist, blickt er reihum in die Gesichter. „Noch Fragen?"

„Haben wir am Wochenende vollständig frei?", fragt einer.

Pascal nickt. „Klar. Wer möchte, fährt nach Hause, wer hierbleiben will, kann das auch. Wir halten es ganz unkompliziert. Ihr versorgt euch in der Küche selbst, und wer sich unterfordert fühlt, darf gerne auch Samstag und Sonntag die Trainingshalle nutzen."

Alle winken ab und lachen. Pascal Engel hat nicht den Ruf, seine Lehrgangsteilnehmer zu unterfordern.

Schmunzelnd wartet er auf weitere Fragen, doch es meldet sich niemand mehr.

„Okay. Dann beginnen wir mit dem Training. Finn", er zeigt auf einen großen, blonden, muskelbepackten Typen mit langen zu einem Zopf zusammengebundenen Haaren, „geht mit euch einige Techniken durch, damit wir einen Überblick bekommen, auf welchem Level wir einsteigen." Alle nicken und Pascal dreht sich zu Anna. „Komm mit. Ich zeige dir dein Zimmer und dann kannst du dich umziehen."

Max sieht ihr nach, während sie mit Pascal hinausgeht.

Pascal begleitet Anna zu ihrem Auto. Als sie den Kofferraum öffnet, deutet er auf das viele Gepäck und verzieht spöttisch das Gesicht. „Wie lange wolltest du bleiben?"

„Das ist nicht für hier", blafft sie ihn an, zieht schnell die obenauf liegende Reisetasche heraus und klappt den Kofferraum wieder zu.

Er sagt nichts mehr, führt sie ins Haus und eine alte hölzerne Treppe mit ausgetretenen Stufen hinauf. Dort öffnet er eine Tür. „Dein Zimmer. Das Bad ist am Ende des Flurs. Du teilst es mit den anderen beiden Frauen, Lena und Christin."

Sie nickt und geht an ihm vorbei. Es ist ein karger Raum mit weißen Wänden, der nur die nötigsten Möbel enthält: ein Einzelbett, einen schmalen Kleiderschrank, einen Tisch, einen Stuhl. Nicht mal ein Bild hängt an der Wand. Durch ein kleines Fenster scheint die Sonne herein, was das Zimmer aber keinen Deut gemütlicher macht.

Anna stellt die Tasche auf dem Bett ab. Die Tür knallt zu und sie zuckt hoch. Pascal lehnt von innen dagegen, hat lässig die Füße übereinandergeschlagen und die Arme vor der Brust verschränkt. „Warum bist du hier?"

Was? Annas Herz klopft schneller. Verdammt! Ganz ruhig bleiben. Er kann nichts wissen und er kann Christian nicht kennen. Das ist unmöglich. Sie zwingt sich, gleichmäßig weiterzuatmen. „Wie ich geschrieben habe, will ich …"

„Die Wahrheit!", unterbricht er sie rüde.

„Was soll das? Das ist …"

„Ich will wissen, mit wem ich es zu tun habe. Entweder du redest oder du gehst, Frau … Clark."

Er betont ihren verhassten richtigen Namen so zornig, dass ihre Knie weich werden und ihr der Schweiß ausbricht. Still starrt sie ihn an. Kann sie es wagen? Kann sie ihm trauen? Hat sie überhaupt eine Wahl?

„Es … es muss unter uns bleiben", stößt sie heiser hervor.

Pascal zuckt ungerührt mit den Schultern. „Kein Problem."

„Moritz ist mein Mädchenname. Ich verlasse meinen Mann. Ich fahre nicht mehr zurück."

Panisch sieht sie zu ihm auf. Wird er jetzt alle Pläne zunichtemachen?

Er nickt kurz und deutet auf das Bett. „Setz dich."

Sie senkt resigniert den Kopf und gehorcht. Er lehnt sich gegenüber an die Kante des Tisches und nimmt seinen Blick nicht eine Sekunde von ihr. „Erzähl."

Nervös spielt sie mit den Fingern und atmet geräuschvoll aus. „Also gut. Die Kurzfassung: Mein Mann Christian Clark ist Millionär, mächtig, Kontrollfreak, Choleriker und Psychopath. Ich habe versucht, ihn zu verlassen, bin in ein Frauenhaus gegangen, aber er hat mich zurückgeholt." Sie hebt den Kopf und starrt an ihm vorbei aus dem Fenster. „Ich bin mit einigen Frauen heimlich in Verbindung geblieben. Wir sind es leid, unterdrückt zu werden, und wollen uns selbst verteidigen können. Es muss aufhören, dass irgendwelche Scheißtypen uns verfolgen und tyrannisieren. Wir wollen uns wehren, eine Sicherheitsfirma gründen, speziell für Frauen, denen sonst keiner hilft. Okay?"

Sie wirft ihm einen fragenden Blick zu, doch Pascal reagiert nicht, wartet still darauf, dass sie weiterredet. Anna seufzt und starrt wieder auf ihre Hände. „Ich bin fit, habe während der Schulzeit schon viel Sport gemacht und im letzten Jahr jeden Tag heimlich trainiert." Sie lacht. „Offiziell gehe ich abends zu einem Yogakurs. Unser Yogalehrer ist allerdings Judoka und auch in Karate ganz gut. Ich brauche das hier, den Lehrgang. Ich will bei dir weiter lernen und dann mein Wissen für unsere Sache nutzen."

„Was ist mit der Polizei?"

Sie lacht trocken. „Die hilft mir nicht."

Pascal verzieht keine Miene. „Warum nicht?"

Anna springt auf, läuft zum Fenster, verschränkt die Arme fest vor der Brust und starrt hinaus. „Ich bin nach meinem ersten Fluchtversuch zur Polizei gegangen."

„Und?"

Sie ringt mit sich. Soll sie sich outen? Manchmal hasst sie ihren Körper und ihre Seele so sehr, dass sie an Selbstmord denkt. Warum kann sie nicht einfach ganz normal sein?

„Und?", hakt er nach.

Mit einem Ruck dreht sie sich zu ihm um. „Fuck! Ich bin Masochistin. Schon mal davon gehört? SM. Peitschenschwingen. Andreaskreuz", bricht es sarkastisch aus ihr heraus.

„Äh … ja."

„Gut. Dann verstehst du sicher auch, dass keine Polizei der Welt mir glaubt. Ich fahre auf Schmerz ab und habe meinen Mann in einem Londoner Club kennengelernt. Er kann es beweisen, er kann jede Menge Zeugen benennen, die gesehen habe, was ich alles mit meinem Körper machen lasse." Sie schluckt. „Als normale Frau bekommst du schon keinen ausreichenden Polizeischutz, wenn du von deinem Mann bedroht wirst, eine wie ich wird erst recht nicht ernst genommen. Und mein Mann ist reich, er kann sich alles kaufen, Anwälte und Handlanger für", sie lacht bitter, „die Drecksarbeit".

Pascal schweigt weiter, und sie schüttelt den Kopf, fährt sich mit den Händen über das Gesicht. Verdammt, er darf ihr das jetzt nicht kaputt machen. Entschlossen sieht sie ihn an. „Ich will überleben und mich nicht für die nächsten zwanzig Jahre verstecken müssen. Es hat lange gedauert, bis er mir wieder so weit vertraute, nicht jeden Schritt von mir zu kontrollieren. Wenn das hier nichts wird, dann …" Anna muss schlucken, um nicht in Tränen auszubrechen. Scheiße. Mit verschwimmendem Blick starrt sie wieder nach draußen.

Es ist still, und sie traut sich nicht, ihn anzusehen. „Wer weiß, dass du hier bist?", fragt er schließlich.

„Niemand."

„Sicher?"

„Ganz sicher. Offiziell bin ich zu einem Buchführungslehrgang nach Hannover gefahren. Mein Mann ist verreist und wird mich erst am Wochenende vermissen. Sie werden mein Auto verlassen am Flughafen in Hannover finden. Der Wagen, mit dem ich hier bin, wurde vor drei Tagen von einer anderen Frau gekauft. Niemand außer ihr weiß, dass ich ihn fahre, und niemand weiß, dass ich diese Frau kenne. Ich benutze ein neues Handy. Ich habe keine Mails von meinem Laptop aus zu dir geschickt, die Lehrgangsgebühr wurde nicht von meinem Konto bezahlt. Es gibt keine Spur. Wenn alles so läuft, wie unsere Fraueninitiative sich das vorstellt, werde ich mich nicht mehr vor Christian verstecken, sondern dafür sorgen, dass er in den Knast wandert, wenn er mich nicht in Ruhe lässt."

Pascal steht auf. Sie dreht sich um und sieht flehend zu ihm auf. „Bitte lass mich bleiben."

„Natürlich. Sag mir, wenn du Hilfe brauchst." Er drückt kurz ihre Schulter, wendet sich um und öffnet die Tür.

„Pascal!"

„Ja?"

Zögernd greift sie in die Reisetasche und holt das dicke schwarze Notizbuch heraus. „Das hier ist mein Tagebuch. Es soll mal veröffentlicht werden und vielleicht anderen Frauen helfen. Es steht alles drin. Sollte mir doch etwas passieren oder ich verschwinden, gib es bitte einem Journalisten."

„Hier auf dem Hof bist du sicher. Wir haben ein zuverlässiges Alarmsystem."

Ohne ein weiteres Wort verlässt er das Zimmer und schließt die Tür hinter sich.

Anna atmet auf und sackt in sich zusammen. Mit zitternden Knien setzt sie sich wieder auf die Kante des Bettes. Erst jetzt merkt sie, wie angespannt ihr Körper während des Gespräches gewesen ist.

Kann sie Pascal trauen? Sie hasst Männer wie ihn, arrogante Muskeltypen, gegen die eine Frau nicht ankommt, und Versprechungen glaubt sie schon lange nicht mehr. Wird er sie verachten? Wird er sie verraten? Christian würde sich für eine Information über ihren Verbleib ganz sicher lohnend erkenntlich zeigen. Vielleicht wird Pascal sie aber auch nur beim Training verspotten und dann würden die anderen bei jeder Gelegenheit grinsen.

Nein. Schluss jetzt mit den negativen Gedanken. Irgendetwas sagt ihrem Instinkt, dass Pascal sie nicht verraten wird. Und sie hofft inständig, dass ihr Instinkt nicht lügt.

Max lässt Anna nicht aus den Augen. Sie ist gut. Wann hat sie so kämpfen gelernt? Er erinnert sich, dass sie während der Schulzeit schon täglich gelaufen ist und Leichtathletik gemacht hat, doch was sie hier zeigt, ist mehr als ziemlich gute Kampfkunst. Die anderen zwei Frauen wirken im Vergleich zu ihr wie Dilettanten, und beide arbeiten bereits seit mehreren Jahren im Securitybereich.

Sie würdigt ihn keines Blickes, spricht aber auch mit den anderen Kursteilnehmern nur das Nötigste. Sie lässt sich von Finn oder Pascal instruieren und kritisieren, hört konzentriert zu und gibt offensichtlich ihr bestes.

Max kann kaum den Abend abwarten. Spätestens nach dem gemeinsamen Essen wird er sie sich schnappen und zum Reden bringen. Jetzt, wo er sie wiedersieht, ist die Wut und Enttäuschung von damals so gegenwärtig, als wäre es gestern gewesen. Und er wird keine Hemmungen haben, ihr das deutlich mitzuteilen.

Sie sitzen alle zusammen in der einfachen, ländlichen Küche an einem großen Tisch. Es gibt eine Suppe, die Ella Petersen am Vormittag gekocht hat.

Anna sieht sich um. Mit ihr sind es zehn Teilnehmer, von denen acht auf dem Hof übernachten. Zwei leben in der Nähe und fahren zum Schlafen nach Hause. Pascal hat im nahe gelegenen Soltau eine Wohnung im gleichen Haus wie Ella Petersen und ihr Freund, sein Assistent Finn ein Zimmer auf dem Hof, wie sie inzwischen weiß.

Die ersten Trainingseinheiten liefen super, und sie ist jetzt froh, dass Pascal über sie Bescheid weiß. Sie traut ihm. Es war richtig, diesen Lehrgang zu buchen, sie wird alles lernen, was sie für ihre Zukunftspläne braucht.

Sie könnte sich also entspannen, wenn da nicht die unverhoffte Begegnung mit Max wäre. Den ganzen Tag über hat er sie ständig beobachtet. Sie hasst das, schließlich flieht sie gerade vor einem Kontrollfreak und muss es nicht gleich mit dem nächsten zu tun bekommen. Und sie hasst besonders, dass seine Blicke, trotz allem, was er ihr angetan hat, immer noch dieses dämliche Kribbeln in ihrem Unterleib auslösen. Was soll das? Was will er von ihr? Sich rückwirkend über ihre Dummheit amüsieren? Elender Macho. Er sieht attraktiver aus als damals. Das Jugendliche ist aus seinem Gesicht verschwunden, nun wirken die Konturen härter und, passend zu seinem beeindruckenden Körper, sehr männlich. Die Blicke aus seinen braunen Augen brennen noch intensiver als zu ihrer gemeinsamen Schulzeit und sein Lachen betört immer noch die weibliche Welt. Verächtlich registriert sie, dass Lena und Christin ihm bereits bei jeder Gelegenheit typische Flirtblicke zuwerfen. Soll er sich doch mit den beiden beschäftigen und sie in Ruhe lassen!

Pascal steht auf und verstaut seinen Teller im Geschirrspüler. „Leute, ich verabschiede mich. Wir sehen uns morgen früh. Falls was ist, wendet euch an Finn.

Max nickt wie die anderen und will sich weiter mit seinem Tischnachbarn unterhalten, doch dann wird seine Aufmerksamkeit wieder auf Pascal gelenkt. Der ist hinter Anna stehen geblieben und hat eine Hand auf ihre Schulter gelegt. „Verlass nicht allein den Hof. Finn weiß Bescheid. Er begleitet dich, falls du etwas einkaufen oder erledigen willst", sagt er leise, doch Max hat es trotzdem verstanden. Sie nickt und Pascal geht ohne ein weiteres Wort.

Was soll das denn? Irritiert sucht er ihren Blick, aber sie starrt stur auf ihren Teller. Auch Finn benimmt sich, als ob nichts wäre.

Als alle fertig gegessen haben und der Tisch abgeräumt ist, sieht er, wie Anna das Haus verlässt. Er geht hinterher. Im Eingang blickt er sich um. Sie ist in Richtung Parkplatz gelaufen. Ohne zu zögern, folgt er ihr. Als sie den Kofferraum öffnet, hat er sie eingeholt.

„Soll ich was tragen helfen?"

Ihr Blick zuckt hoch. „Nein danke."

Er lächelt. „Mache ich aber gerne."

Sie hat ein Handy aus einem der Koffer genommen, stopft es in die hintere Tasche ihrer Jeans und lässt die Klappe wieder zufallen. „Verschwinde einfach, Max. Ich will nichts mehr mit dir zu tun haben."

Ohne eine Antwort abzuwarten, will sie zurück in Richtung Haus, und Max wird ziemlich stinkig. Mit einem Ruck packt er ihren Arm. „Bleib stehen, verdammt."

„Was willst du?", blafft sie ihn an und reißt sich los.

„Das fragst du?"

„Ja. Das frage ich."

Er stößt ein ungläubiges Lachen aus. „Anna, du bist damals von einem Tag auf den anderen verschwunden, ohne ein Wort zu sagen oder wenigstens zu schreiben. Findest du nicht, dass ich eine Erklärung verdient habe?"

Sie schüttelt den Kopf. „Du bist so ein Arschloch, Max. Lass mich in Ruhe. Lass mich einfach in Ruhe, klar?"

Sie dreht sich um und rennt davon, als hätte sie Angst um ihr Leben. Kopfschüttelnd blickt er ihr nach.

„Das werde ich garantiert nicht tun, solange ich nicht weiß, was das damals sollte, du … Zicke."

Kapitel 2

Genervt klickt Max im gemeinsamen Aufenthaltsraum auf die Fernbedienung des Uraltgerätes. Die Flimmerkiste stirbt und er lehnt sich seufzend auf der abgenutzten Couch zurück.

Die ganze Woche ist Anna ihm aus dem Weg gegangen. Es gab keine Gelegenheit, mit ihr zu reden. Nun ist es Freitagnacht und im Haus totenstill.

Am Mittag kamen die Kursteilnehmer, die nicht übers Wochenende nach Hause fuhren, auf die Idee, die freien Tage für eine Sightseeingtour durch Hamburg zu nutzen. Anna wollte nicht mit, also hat er sich auch ausgeklinkt. Zum Reden ist er trotzdem immer noch nicht gekommen, weil Anna sofort nach Feierabend in ihrem Zimmer verschwand und sich seitdem nicht mehr blicken lässt. Er saß eine Weile mit Finn zusammen, und als der ging, zog er sich einen Actionstreifen aus den achtziger Jahren rein. Nun ist es Mitternacht und Zeit, ins Bett zu gehen.

Leise steigt er die alte Treppe hinauf. Als er an Annas Zimmer vorbeikommt, stockt er. Da ist ein gedämpftes Geräusch, ein Summen, nein, es ist ein Wimmern. Sie weint. Eindeutig. Fuck!

Er klopft an die Tür. „Anna?"

Keine Reaktion, nur wieder Jammern, und jetzt ganz deutlich richtiges Schluchzen.

Auch nach weiterem etwas lauterem Klopfen antwortet sie nicht. Vorsichtig drückt er die Klinke runter und die Tür geht auf. Auf einem Schränkchen am Bett brennt eine kleine Lampe und verbreitet dämmriges Licht. Er kann ihre Gestalt also gut erkennen. Neben ihr auf der Matratze liegt ein aufgeschlagenes

Notizbuch, der Stift dazu ist auf den Boden gefallen. Sie träumt anscheinend, wühlt in den Kissen, scheint zu kämpfen. Er tritt näher, nimmt das Buch und schlägt es zu. Auf dem Deckel steht „Tagebuch". Schnell legt er es zur Seite. Wenn sie aufwacht, soll sie nicht denken, dass er ihr nachspioniert. Sie hat die Augen fest zugepresst, trotzdem quellen Tränen unter ihren Wimpern hervor und laufen über ihre Wangen, während sie weiter jammert und sich unter der Decke windet.

Er setzt sich auf den Rand der Matratze und nimmt vorsichtig ihre Hand. „Anna, wach auf."

Sie bemerkt ihn nicht und er fasst sie an den Oberarmen und schüttelt sie leicht. „Anna!"

„Nein!", schreit sie, ihr Oberkörper zuckt hoch und sie reißt die Augen auf.

„Alles gut, keine Angst. Du hast geträumt."

Sie keucht, formt die Hände zu Fäusten und schlägt unkontrolliert gegen seinen Brustkorb, als hätte sie seine Worte nicht gehört und wäre immer noch in ihrem Traum gefangen. Sanft, aber fest genug, um sie aufzuhalten, umklammert er ihre Handgelenke. „Anna! Sieh mich an. Ich bin's. Es ist alles in Ordnung. Du hast nur geträumt."

Jetzt verändert sich ihr Gesichtsausdruck. Sie erkennt ihn und ihre Muskeln entspannen sich. Sofort lässt er sie los.

Max? Das kann doch nicht sein. Max liebt sie nicht, Max hat sie ausgelacht, Max darf sie nicht trauen. Ihr Brustkorb fühlt sich an, als wären schwere Ketten darum geschlungen. Das Atmen schmerzt. Keuchend zieht sie die Schultern nach vorn, verschränkt die Arme und umklammert ihren Oberkörper, als würde sie sich dadurch schützen können. Alles ist so verwirrend. Sie schüttelt den Kopf, um die Bilder aus ihrem Gehirn zu vertreiben und in die Realität zurückzufinden. Langsam wird sie etwas ruhiger.

Stöhnend bedeckt sie ihr Gesicht mit den Händen. Der Traum war so real, als ob Christian vor ihr stände, und nun ist Max plötzlich da, das ist genauso unwirklich, oder träumt sie doch immer noch? Die Situation überfordert sie vollkommen. Sie fühlt sich hilflos und haltlos.

„Geh weg", stößt sie heiser hervor und versucht mit aller Gewalt, nicht zu schluchzen. Der Mistkerl bleibt einfach sitzen. „Geh weg, verdammt!", faucht sie.

„Nein. Komm her." Er fasst sie an den Armen und zieht sie an seinen Körper. Er ist kräftig und ignoriert ihre starre Abwehrhaltung, als ob er sie gar nicht bemerkt. Das gibt ihrer Selbstbeherrschung den Rest. Plötzlich ist es, als wäre keine Zeit vergangen, als hätten sie sich gestern zuletzt geküsst. Der vertraute Geruch, seine Stimme, seine Umarmung sind wie eine sichere Höhle, wie ein Kokon, der sich schützend um sie schließt. Voller Sehnsucht presst sie sich an ihn, während die Tränen nun ungehindert fließen, als hätte seine Umarmung ein Schleusentor geöffnet.

„Ist ja gut, ist ja gut", flüstert er, küsst ihre Schläfe und streichelt geduldig sanfte Kreise auf ihrem Rücken, bis sie sich endlich beruhigt.

Er löst sich etwas von ihr, legt die Finger an ihr Kinn und dreht ihr Gesicht, damit sie ihn ansieht. Plötzlich ist die Sehnsucht so schlimm wie an den ersten Tagen nach ihrem Verschwinden.

„Fuck, Anna", flüstert er heiser, dann landen ihre Lippen aufeinander. Da ist kein Denken mehr, nur noch Sehnen. Gierig öffnet sie den Mund und empfängt seine Zunge. Seine Hand greift fest in ihren Nacken. Er hält ihren Kopf etwas schräg, sodass er ihre Mundhöhle ganz in Besitz nehmen kann. Seine Dominanz entführt sie in diesen süßen Zustand, in dem sie sich befreit und losgelöst fallen lassen kann. Sie schließt die Augen und ergibt sich ihm. Ihre Zungen tanzen umeinander, so vertraut, so innig, als hätten sie sich nie verlassen. Ihr Atem vermischt sich mit seinem tiefen Stöhnen. Augenblicklich ist sie erregt wie seit Jahren nicht mehr. Ihre harten Nippel drücken durch das T-Shirt gegen seinen Brustkorb und in ihrem Unterleib summt es. Er stöhnt, reibt mit seinem Bein an ihrem Oberschenkel und beißt sanft in ihre Unterlippe. Wimmernd drängt sie sich ihm noch mehr entgegen, umklammert seine Taille, möchte ihn nie wieder loslassen. Sie sucht den Weg unter sein Hemd, findet die warme Haut seines Rückens, und er tut es ihr gleich, greift unter ihr T-Shirt, streichelt fordernd nach oben, legt eine Hand um eine Brust und beginnt, sie sanft zu kneten. Sie windet sich, ihre Zunge flattert an seiner, und er geht dazu über, ihre Brustwarze zu zwirbeln. Sie schreit leise auf und er stockt, atmet schwer. Dann wandern seine Hände wieder tiefer an ihre Taille. Er kappt diese intensive Verschmelzung, zieht seine Zunge zurück und keucht, während seine Stirn an ihrer lehnt. Sie wimmert sehnsüchtig, drängt sich ihm entgegen und auch er kann sich anscheinend doch nicht völlig losreißen. Er bedeckt ihre bebenden Lippen mit kleinen zarten Küssen, als wäre er süchtig nach ihrem Geschmack. Schließlich schiebt er sie gequält stöhnend ein Stück zurück. „Anna. Sieh mich an."

Seufzend öffnet sie die Augen, trifft seinen Blick und plötzlich wird ihr die Irrealität der Situation bewusst. Ernüchtert, wie nach einem Guss eiskalten Wassers über den Kopf, starrt sie ihn an. Was tut sie da? Was verdammt noch mal tut sie da?

Mit einer eiligen Bewegung rückt sie von ihm ab.

„Raus!"

„Anna …"

„Nein! Raus! Was hast du hier zu suchen? Verpiss dich!"

„Anna, hör mir doch zu!"

„Nein! Verschwinde! Sofort!" Ihre Stimme überschlägt sich. Er hebt abwehrend die Hände und steht auf. „Okay, okay. Schon gut. Ich gehe. Wir reden morgen. Tut mir leid. Ich habe das nicht geplant. Beruhige dich."

Während er redete, ist er bereits rückwärts zur Tür gegangen, verlässt nun den Raum und schließt sie leise hinter sich. Sie hört keine Schritte. Steht er noch hinter der Tür?

In der Stille schlägt ihr Herz so laut und hart gegen die Rippen, dass es wehtut. Sie presst die Lippen fest aufeinander, ist kurz davor, aus dem Bett zu springen und durch das Fenster zu flüchten. Endlich hört sie, dass er sich entfernt. Befreit atmet sie auf und ihre Schultern sacken nach vorn. Sie ist allein. Sie ist wirklich allein. Und sie ist nicht in ihrem verhassten Ehebett. Sie ist geflohen. Christian weiß nicht, wo sie ist. Sie hat nur geträumt, dass er vor ihr steht. Erleichtert spürt sie, wie sich der Druck in ihrem Brustkorb löst, bis sich ihr Herzschlag wieder ganz beruhigt hat. Dann lässt sie den Oberkörper auf das Bett sinken, zieht die Decke bis an den Hals und starrt gegen die Zimmerdecke. Max war da. Das war kein Traum. Er hat sie geküsst, ungezügelt, leidenschaftlich, dominant, und sie hat sich fallen lassen, dumm und schwach, wie damals als junges, naives Mädchen. Als hätte sie nichts, aber auch gar nichts gelernt. Was für eine Misere.

Max erwacht wie gewohnt um sechs. Die innere Uhr ist stärker als die Müdigkeit. Er hat noch lange wach gelegen und über Anna und ihr seltsames Verhalten nachgedacht. Nun kann er nicht mehr schlafen und fühlt sich gleichzeitig erschöpft und wie gerädert. Eine Runde Joggen wird helfen. Frische Luft pustet den Kopf immer zuverlässig frei.

Bevor er das Haus verlässt, betritt er die Küche, um schnell etwas zu trinken. Anna steht mit Finn neben dem Küchenschrank. Sie trägt auch Joggingklamotten, Finn nicht.

Finn sieht auf die Uhr. „Tut mir leid, Anna, aber jetzt geht es nicht. Um elf bin ich wieder da, dann können wir gerne laufen, oder heute Abend, wenn dir das …" Er hebt den Kopf. „Max! Hallo, du siehst aus, als ob du joggen willst. Das nennt man wohl perfektes Timing."

Er wendet sich wieder Anna zu und deutet mit ausladender Geste auf Max. „Bitte sehr. Da ist deine Begleitung. Tschau Leute, muss los, bin schon zu spät."

Er hebt grüßend die Hand und verschwindet, bevor einer von beiden etwas erwidern kann.

Anna dreht Max ruckartig den Rücken zu und trinkt das Glas Saft, das sie in der Hand hält, in einem Zug leer. Dann will sie eilig an Max vorbei durch die Tür.

Er verstellt ihr den Weg. „Guten Morgen, Anna."

„Lass mich durch."

„Okay, wir laufen eine Runde und anschließend reden wir. Einverstanden?"

„Nein."

„Ich habe gestern mitbekommen, dass du nicht allein los sollst. Also sei vernünftig."

„Lass mich in Ruhe, Max!"

Bevor er reagieren kann, ist sie an ihm vorbei und reißt die Haustür auf. Sie rennt rüber zur Scheune und verschwindet darin. Fuck! Langsam reicht es ihm. Was soll das? Warum kann sie nicht einmal normal mit ihm reden? Er hat ihr, verdammtverfickte Scheiße noch mal, nichts getan!

Zornig marschiert er in großen Schritten über den Hof und betritt die Scheune. Anna steht an der Seite und sucht passende Hanteln. Als sie ihn hört, zuckt sie hoch.

Ihr Körper versteift sich, als sie die Tür knallen hört. Fuck! Kann dieser Arsch sie nicht in Ruhe lassen?

„Hau ab, Max! Verpiss dich!"

Er schlendert unbeeindruckt näher. Seine Wangen zucken. Er ist äußerlich ruhig, aber ganz sicher nicht innerlich. „Wir werden jetzt reden, Anna."

Ohne Vorwarnung packt er sie, reißt sie herum und stellt ihr ein Bein. Eine Sekunde später liegt sie bäuchlings auf der Trainingsmatte, spürt sein Knie fies in ihrer Lende und kann ein Stöhnen nicht unterdrücken, weil er ihr den rechten Arm hinter den Rücken verdreht hat.

„Lass mich los!", zischt sie.

Er lacht. „Mäuschen, ich glaube, du hast letzte Woche im Training nicht richtig aufgepasst. Das war der einfachste Hebel, den ein Kampfsportler zu bieten hat, und er sollte dir längst geläufig sein."

„Nenn mich nicht so!", kreischt sie.

„Warum nicht? Ich kann mich erinnern, dass dir der Kosename mal sehr gefallen hat."

Rasend vor Wut versucht sie, sich zu befreien, doch er gibt ihr keine Chance. Ihr Aufbäumen verursacht lediglich ein gemeines Ziehen in der Schulter und schwer atmend gibt sie auf.

„So ist es gut. Ich tu dir nichts, ich will nur reden", sagt er plötzlich verdammt liebevoll besänftigend. Auf diese so vertraute, zärtliche Stimmlage ist sie nicht vorbereitet. Jahrelang verdrängte Gefühle explodieren wie heiße Blitze direkt in ihrem Herzen und Millionen Schmetterlinge starten in ihrem Bauch zu einem Rundflug. Panisch spürt sie, wie sie feucht wird, und bäumt sich erneut auf. „Lass mich, verdammt, lass mich los!"

Er packt in ihre Haare. „Gib auf, Anna. Was soll das denn, du tust dir nur selber weh."

In ihrer Klitoris pulsiert es, sie strampelt mit den Beinen. „Ich will das nicht!", keucht sie und er seufzt ironisch theatralisch. „Ich aber. Akzeptier es endlich. Ich lasse dich nicht gehen. Und hör auf, zu schreien. Wir sind allein auf dem Hof. Niemand hört dich."

Mit einem wütenden Zischen hält sie inne. Ihr Körper ist angespannt, so hart wie ein Brett, ihre freie Hand zur Faust geballt. Ihre Wange liegt auf der Trainingsmatte und ihr Blick ist starr nach vorn gegen die Wand gerichtet. Ihre Lippen sind trocken. Hastig befeuchtet sie sie mit der Zunge, bevor sie die Zähne fest zusammenbeißt.

„Entspann dich, Anna." Sanft streicht er ihre Haare zurück.

Oh nein! Er soll das lassen. Verdammt! Tränen sammeln sich in ihren Augen und die Sicht verschwimmt. Ihr Herzschlag rast so hart, dass er es garantiert an ihrem Hals spürt. Sie schluckt. Bloß nicht heulen! Nicht heulen, verdammt. Klare Gedanken sind nicht mehr möglich und der Mistkerl gibt keine Ruhe.

„Du kommst heute nicht drumrum, Anna. Hör auf zu kämpfen, dann lasse ich dich los."

Endlich kapituliert sie. Ihre Muskeln entspannen sich und er atmet geräuschvoll aus. „Gut, und nun hör mir einfach zu, okay?"

Sie antwortet nicht, trotzdem lässt er ihren Arm los. Sofort zieht sie ihn vor die Brust und rollt sich auf die ihm abgewandte Seite, um ihn nicht ansehen zu müssen. Er lehnt sich, sich mit einer Hand vor ihrem Bauch auf dem Boden abstützend, über ihren Körper. So kann er sie jederzeit wieder überwältigen, sollte sie aufspringen wollen.

Einen langen Moment ist es ganz still und sie spürt seinen Blick in ihrem Nacken. Ihre Haut prickelt und ein Schaudern läuft über ihren Rücken. Endlich räuspert er sich.

„Ich weiß nicht, was in deinem Kopf vorgeht, Anna, aber seit heute Nacht wissen wir beide, dass unsere Geschichte noch nicht zu Ende ist. Du hast keine Angst vor mir. Es hat dich gerade erregt, überwältigt zu werden. Du kannst das nicht vor mir verbergen, Anna. Ich habe Übung darin, zu sehen, wie eine Frau auf Dominanz reagiert. Ich werde dich also nicht gehen lassen. Akzeptier es einfach. Ich will dich weder verführen noch dir wehtun. Ich will nur, dass du zuhörst. Kriegst du das hin?"

Wieder ist es still. Ihre Kehle ist wie zugeschnürt.

Seufzend setzt er sich bequemer und legt die Hand locker auf ihren Oberarm. Völlig unvorbereitet überfällt sie tiefe, schmerzhafte Sehnsucht. Es ist, als ob diese einfache Berührung eine Mauer in ihrem Kopf einreißt. Sie kann sich nicht dagegen wehren, seine Hand wie einen schützenden Rettungsanker zu empfinden, den sie gegen jede Vernunft um keinen Preis verlieren möchte.

„Ich erzähle dir jetzt meine Version unserer Abiturfeier. Hör nur zu, bitte. Ich denke, das bist du mir schuldig." Sein Daumen streichelt sanft beruhigend auf und ab, dann beginnt er, in sachlichem Ton zu sprechen. „Am Donnerstagabend war noch alles in Ordnung. Wir lagen auf deinem Bett und haben rumgemacht. Ich habe mich getraut und dir gebeichtet, dass es mich anmacht, dich festzuhalten, und du bist kichernd damit rausgerückt, dass die Vorstellung, gefesselt zu sein, Teil deiner sexuellen Fantasien ist. Als das erst mal raus war, haben wir uns einige weitere pikante Wünsche erzählt. Ich war sehr glücklich, dass wir über diese Sachen geredet haben, und liebte dich noch mehr als vorher. Aber ich vermute, für dich war es anders. Es muss irgendwie damit zusammenhängen, dass du dann verschwunden bist, stimmt's? Hast du dich am nächsten Tag geschämt?"

Bei seinen Worten versteift sich Annas Körper augenblicklich und er drückt besänftigend ihren Arm. „Nein, nicht. Hör mir erst weiter zu.

Am Freitag war unsere Abiturfeier. Wir sind gemeinsam hingegangen und der Abend begann ganz normal. Wir haben getanzt und Sekt getrunken. Irgendwann gingst du zur Toilette. Das war's. Danach habe ich dich nie wieder gesehen. Ich habe dich tausendmal angerufen, ohne dass du rangegangen bist, ich habe dir Nachrichten geschickt, die du nicht beantwortet hast. Dein Facebook-Account verschwand über Nacht. Ich habe dich gesucht, und deine Eltern haben mir nur gesagt, dass du mich nicht mehr sehen willst. Von deiner Freundin Sophie habe ich schließlich Tage später erfahren, dass du direkt nach der Feier spontan nach London gereist bist, um dort als Au-pair zu arbeiten. Keine Nachricht, keine Erklärung. Nichts. Warum, Anna?" Seine Stimme ist plötzlich heiser und leise.

Sie zieht die Beine an, als wollte sie sich zu einer Kugel zusammenrollen. „So war es nicht und das weißt du ganz genau", presst sie hervor.

Die Erinnerung erwacht zum Leben und dieser gemeine Schmerz in ihrer Brust ist nicht auszuhalten. Sie kann das nicht.

Reflexartig zuckt sie hoch. Nur weg von ihm! Doch er lässt sich nicht überrumpeln. Routiniert drückt er sie wieder auf den Bauch und verdreht erneut ihren Arm hinter den Rücken.

„Wie war es denn?", donnert er sie an, jetzt ganz und gar nicht mehr sanft, sondern definitiv angepisst. „Wie, verdammt noch mal, war es, Anna?"

„Tu doch nicht so. Es geistern immer noch Fotos davon im Internet herum", faucht sie, bäumt sich auf, wimmernd vor Schmerz und Wut. „Hältst du mich denn für total bescheuert? Lass mich los, du Arsch!"

Völlig unbeeindruckt drückt er sie weiter auf den Boden.

„Was für Fotos?"

„Von dieser Nacht! Als du mich reingelegt hast. Toller Abischerz, dachtest du wirklich, ich kann darüber lachen?"

„Was, verdammt noch mal, meinst du?", blafft er sie an.

„Die scheiß Nachricht! Der Keller!", schreit sie zurück.

Max ist völlig irritiert. Er muss ihr ins Gesicht sehen. Sie loslassen, auf den Rücken drehen, sich über sie knien und ihre Arme neben ihrem Körper auf den Boden pressen, all das ist eine einzige schnelle Bewegung. Er starrt sie an und holt tief Luft. „Was ist an diesem Abend passiert, Anna? Erzähl es mir, verdammt noch mal."

Sie schüttelt den Kopf. „Du willst mir doch nicht weismachen, dass du dich nicht an die SMS erinnerst?"

„Welche SMS?"

„Du hast mir eine Nachricht geschickt: Komm in den Keller. Raum 093. Mach kein Licht. Zieh dich aus und knie dich vor die Kerze auf den Boden."

Was redet sie da? Wie kommt sie darauf? So ein Quatsch! Seine Gedanken rasen. Er zieht die Stirn kraus. „Das war deine Fantasie … Das war das, was du mir am Vorabend erzählt hast."

„Ja, und ich habe es getan", sagt sie leise und dreht den Kopf zur Seite.

Plötzlich hat er einen gewaltigen Kloß in der Kehle stecken. „Was ist dann passiert?"

„Das Licht ging an, Gelächter von allen Seiten und Blitzlicht", berichtet sie leise und emotionslos.

Fassungslos starrt er sie an, lässt sie los und hockt sich neben sie. „Was?"

Anna schüttelt den Kopf und rollt sich mit angezogenen Beinen wieder von ihm weg. „Hör auf, Max. Du warst betrunken und fandst es lustig. Gib es wenigstens zu, und tu nicht so, als wüsstest du es nicht mehr", sagt sie traurig.

„Ich war das nicht, Anna."

„Die Nachricht kam von deinem Handy und nur du wusstest von … von dieser Fantasie."

Konzentriert versucht er, sich zu erinnern, dann fällt der sprichwörtliche Groschen. „Fuck. Nein. Nicht nur ich."

Ihr Kopf zuckt herum. „Du hast es jemandem erzählt?"

Er fährt sich verzweifelt durch die Haare. „Oh Mann, Anna, es tut mir so leid. Ich habe es Frank erzählt. Er war mein bester Freund. Er hatte auch diese BDSM-Fantasien, wir haben oft darüber geredet und nachdem wir … Fuck! Ich habe ihn um Rat gefragt, weil ich Angst hatte, etwas falsch zu machen, wenn wir solche Spiele probieren. Ich hätte nie gedacht, dass er …" Kopfschüttelnd starrt er gegen die Wand.

„Frank hat mich danach nach Hause gebracht. Ich war einfach panisch losgelaufen, hatte nur die Hälfte meiner Klamotten gegriffen, stand in irgendeiner dunklen Ecke auf dem Schulhof und versuchte, mich wieder halbwegs anzuziehen. Er kam mir nach und brachte mein restliches Zeug. Er war stinksauer auf dich. Er versprach mir, dich zur Rede zu stellen und wollte sich um mich kümmern. Aber ich wollte nur noch weg", erzählt sie leise.

Max schlägt sich gegen die Stirn. „Ausgerechnet Frank! Mein bester Freund! Jetzt erinnere ich mich auch, dass er während der Abifeier mein Handy benutzt hat, als du zur Toilette gegangen warst."

Anna lacht ironisch auf. „Dein bester Freund? Der hat mich regelmäßig angemacht, wenn er mich irgendwo allein traf."

Sie rappelt sich auf und lehnt sich gegen einen der dicken Holzpfosten der Scheune. „Belass es dabei, Max. Es ist Vergangenheit."

„Es tut mir so leid, Anna."

Sie zuckt mit den Schultern und dreht sich zur Tür.

Kapitel 3

Anna sieht so verletzt und erschöpft aus, dass sein Beschützerinstinkt zur Hochform aufläuft. Er steht auf und will sie in den Arm nehmen, doch sie hebt abwehrend die Hände. „Nicht."

„Anna."

„Nein, es ist vorbei. Es ist Vergangenheit."

„Aber …"

„Nein!" Böse starrt sie ihn an und seufzend gibt er auf. Es hat keinen Sinn, jetzt weiter in sie zu dringen. Er zweifelt nicht daran, dass sie noch etwas für ihn empfindet, aber er kann sie nicht zwingen, sich ihren Gefühlen zu stellen. Vielleicht braucht sie einfach Zeit. Er lächelt sie bittend an. „Okay. Aber lass uns ab jetzt normal miteinander umgehen, ja? Nicht mehr diese Feindschaft. Geht das? Bitte."

Sie nickt zögernd. „Okay."

„Gut, wie wäre es dann, wenn wir den Tag noch mal neu beginnen. Du wolltest joggen und ich auch. Also, wie ist es?"

Sie runzelt kurz die Stirn und mustert ihn, als ob sie eine Falle wittert, in die sie auf keinen Fall hineintappen will, nickt dann aber und sie verlassen nebeneinander die Scheune.

Max lässt sie das Tempo bestimmen. Als sie auf einen schmalen Waldweg einbiegen, bleibt er hinter ihr. Ihr Arsch ist umwerfend. Voller Genuss betrachtet er die Muskelbewegungen, während sie läuft. Es muss geil sein, sie übers Knie zu legen. Fuck! Er sollte so was nicht denken, aber er ist Sadist und sie ist Masochistin. Seine Gedanken stocken. Ist sie das? Es ist fast fünfzehn Jahre her, seit sie sich in dieser Nacht vor der Abifeier gegenseitig ihre heimlichen Fantasien beichteten. Bei der Erinnerung muss er schmunzeln. Was waren sie damals harmlos und naiv. Seine Wünsche beschränkten sich auf Fesselspiele, verbundene Augen und ein bisschen Angst machen. Mehr traute er sich nicht. Heute ist das anders. In den letzten Jahren hat er mit willigen Gespielinnen alles ausprobiert, was seine Neigung ihm vorgab. Er steht dazu, dass sein Schwanz zuckt, wenn er Striemen auf einem nackten Frauenhintern sieht, dass er den Einsatz der Gerte liebt und es für ihn nichts Geileres als ein verheultes Frauengesicht gibt. Und Anna? Ob sie wohl nach diesem fiesen Erlebnis mutig genug war, ihre Fantasien auszuleben? Bei dem Gedanken sticht ein Pfeil von Eifersucht in seiner Brust. Er möchte jeden, der sie nach ihm angefasst hat, nachträglich noch erwürgen. Und Frank natürlich zuallererst. Den wird er finden und zur Rede stellen. Sobald der Lehrgang vorbei ist. Er kann es kaum abwarten und ballt automatisch die Hände zu Fäusten. Was für ein perfides, gemeines Spiel hat dieser Arsch getrieben! Warum? Aus Eifersucht? Ob Anna lange brauchte, darüber hinwegzukommen? Wie ist es ihr in all den Jahren ergangen? Hat sie sich verliebt? Hatte sie unverbindliche Abenteuer wie er? Geht sie in Clubs? Ob sie überhaupt jemals ihre Neigungen ausgelebt hat, anstatt sie, wie so viele Frauen, ihr Leben lang zu verdrängen? Ob sie jemals mit ihm darüber reden wird?

„Rechts oder links?"

Sein Kopf zuckt hoch. „Äh ... was?"

Anna trabt auf der Stelle rückwärts vor ihm her und kann ein Grinsen nicht unterdrücken. „Hast du mir etwa gerade auf den Arsch geglotzt?"

Frech zwinkert er sie an. „Ja."

„Vergiss es!"

„Ich weiß." Einen Moment lang versinken ihre Blicke ineinander, dann dreht sie sich schnell weg.

„Anna?"

„Mmh?"

„Es ist schön, dich lachen zu sehen. Freundschaft, okay? Ich benehme mich. Ich verspreche es, außer …"

Sie runzelt die Stirn. „Was außer?"

Er grinst frech. „Außer du überlegst es dir anders und gibst uns noch eine Chance."

„Das wird nicht passieren."

„Dann bleibt es bei Freundschaft. Bitte."

Sie seufzt. „Okay. Aber jetzt läufst du vor. Und entscheide dich endlich: rechts an der Eselweide vorbei oder links den kürzeren Weg zum Hof?"

Er entscheidet sich für die längere Strecke. Der Weg ist breiter und sie können nebeneinander weiterlaufen.

Von Zeit zu Zeit wirft sie ihm einen verstohlenen Seitenblick zu. Sie fühlte sich leichter, seit sich herausgestellt hat, dass sie reingelegt wurden. Dieser dauerhafte, latent quälende Schmerz, den sie so gewohnt war, der so zu ihr gehörte, dass sie ihn gar nicht mehr als etwas Unnatürliches wahrgenommen hat, ist verschwunden. Erst jetzt, wo er weg ist, bemerkt sie, dass er all die Jahre da war. Max hat sie nicht verraten. Jetzt kann sich die Wunde schließen, die so lange nie wirklich verheilt ist. Wie es wohl mit ihnen weitergegangen wäre, wenn Frank sich nicht so widerlich benommen hätte?

Vermutlich wäre Max schockiert, wüsste er, dass sie in den Londoner Clubs alles ausprobiert hat, was es auszuprobieren gab. Ein Stich trifft ihr Herz. Er wird sie ganz sicher verachten, falls er jemals von ihrer Ehe erfährt. Wahrscheinlich denkt er, sie würde sich immer noch mit harmlosen Fesselspielchen zufriedengeben, über die sie damals verschämt in ihrem dunklen Mädchenzimmer geredet haben. Oder? Die Vorstellung, er könnte sie richtig dominieren, ihre Seele entblößen, ihr diesen ganz besonderen, erregenden Schmerz zufügen, sie … nein, nicht weiterdenken. Sie wird keinen Mann mehr an sich heranlassen, und schon gar keinen dominanten. Niemals. Die letzten Jahre waren der Horror. Sie hat ihre Selbstachtung aufgegeben, hat ihrem Ehemann an jedem verdammten Tag und in jeder verdammten Nacht etwas vorgespielt, und dafür schämt sie sich zutiefst. Und später? Sie hätte kämpfen sollen. Sie hätte zwar niemals eine Chance gegen ihn gehabt, aber sie wäre wenigstens stolz gestorben.

Zornig presst sie die Lippen aufeinander. Das alles ist Vergangenheit. Bald wird sie, gemeinsam mit den anderen Frauen, Männer wie Christian besiegen, und dann kann sie ihr Spiegelbild auch wieder ertragen. Aber verlieben? Nein, nie wieder wird sie einen Mann an sich heranlassen. Ihre Ehe war von Anfang an eine Farce. Vielleicht hat sie es nicht anders verdient. Niemals hätte sie gedacht, dass Christian sich zu einem dermaßen perfiden, krankhaft sadistischen Monster entwickelt. Bei der Erinnerung zieht sie ganz automatisch angespannt die Schultern hoch. Aus einem Arrangement ist ein Albtraum geworden, und sie kann froh sein, wenn es ihr tatsächlich gelingt, ihren Ehemann abzuschütteln und ein neues Leben zu beginnen.

Vielleicht lag es an ihr. Natürlich lag es an ihr. Es ist ihre devote Art, die einen Mann dazu ermutigt, alle Grenzen zu sprengen. Vielleicht hätte auch Max sich so entwickelt und sie würde ihn jetzt so hassen. Vielleicht steckt in allen dominanten Männern diese Sucht, eine Frau zu zerstören.

Max? Nein, Max ist nicht wie Christian. Ob sie doch noch eine Chance hätten? Leise, schmerzhafte Sehnsucht meldet sich in ihrem Herzen. Unwillig schüttelt sie den Kopf. Nicht weiter darüber nachdenken. Gesetzt den Fall, es gäbe diese Chance, spätestens, wenn er erfahren würde, wie sehr sie sich erniedrigt hat, könnte er sie nur noch verachten. Kein Mann will eine Frau anfassen, die so … Sie schnaubt und ballt die Hände zu Fäusten.

„Hey." Max fasst sie am Arm und ihr Kopf zuckt zu ihm herum. „Was?"

„Ich verspreche, brav zu sein."

„Ähm … okay?" Irritiert mustert sie ihn.

Er zwinkert. „Du hast eben so kämpferisch geguckt."

Unwillig schüttelt sie den Kopf und will weiter. Er hält sie jedoch zurück. „Warum verlässt du nicht allein den Hof?"

Sie zieht die Stirn kraus und stöhnt genervt. „Hör auf damit."

Sein Blick ist durchdringend auf sie gerichtet. Er soll das lassen, verdammt. „Hör auf, sonst …"

Er hebt abwehrend die Hand. „Okay. Sorry."

Sie dreht sich weg und läuft los.

„Nein! Das ist nicht dein Ernst, die schicke Paula?"

Anna lacht schallend und Max zuckt mit den Schultern.

„Ja, die schicke Paula. Ich kaufte gepolsterte Handschellen, und sie stand mit einem mindestens zwanzig Jahre älteren Typen, der sie anzubeten schien, bei den Latexanzügen."

Er hebt die Kaffeekanne. „Willst du auch noch?"

„Ja, bitte." Sie hält ihm ihre Tasse entgegen und er schenkt ein.

„Vielleicht ist sie eine Domina geworden."

Kichernd rührt Anna Milch in ihren Kaffee. „Würde zu ihr passen. Ich sehe heute noch vor mir, wie sie den alten Herrmann in Biologie fertigmachte, weil er ihr eine Vier geben wollte."

Max grinst. „Ja, daran kann ich mich auch erinnern. Hast du zu den anderen in der Klasse noch Kontakt?"

Anna wird ernst. Mit einer langsamen Bewegung streicht sie ihre Haare hinters Ohr zurück und ihr Blick senkt sich. „Nein, ich wusste ja nicht, wer alles an diesem … Scherz … beteiligt war und die Fotos gesehen hat."

Mist. Muss er jetzt mit so einer dämlichen Frage den Sonntagmorgen versauen? Im Laufe des Samstags hatte sich die Stimmung zwischen ihnen immer mehr entspannt. Sie waren gegen Abend nach Soltau gefahren, hatten Pizza gegessen, und als Finn anrief und fragte, ob er über Nacht da sein müsse, hat Anna ihm ohne Zögern angeboten, wegzubleiben, damit sein Liebesleben nicht wegen ihr brachliegt.

Sie unterhielten sich über unverfängliche Themen und er vermied penibel jede persönliche Frage über ihr Leben.

Zurück auf dem Hof saßen sie im Garten, tranken eine Flasche Wein, und er durfte sie sogar freundschaftlich in den Arm nehmen, als die Sonne unterging und es langsam kühl wurde.

Auch das Frühstück heute verlief bis eben absolut vergnüglich … bis eben, jetzt nicht mehr. Wie blöd!

Er räuspert sich. „Hast du für den Tag was geplant?", fragt er betont gleichmütig.

Sie zuckt mit den Schultern. „Nein. Ich denke, ich lege mich auf den Rasen hinter dem Haus in den Schatten. Die ländliche Ruhe genießen. Und du?"

„Ich checke meine E-Mails und dann lese ich irgendwas. Ähm …"

„Ja?"

„Soll ich mit rauskommen? Ich meine, weil …"

Sie schüttelt den Kopf. „Nicht nötig. Finn sagt, der Hof ist mit Kameras überwacht. Hierher traut sich keiner."

Max nickt. „In Ordnung. Anna …"

Sie zieht ungeduldig die Stirn kraus und er winkt schnell ab. „Schon gut, ich frage nicht. Ich will nur, dass du weißt, du kannst mir vertrauen. Ich meine, ich war das damals nicht und hätte auch niemals so etwas getan. Wir sind beide reingelegt worden. Okay?"

Sie nickt, sagt aber nichts. Mit einer energischen Bewegung steht sie auf und beginnt, den Tisch abzuräumen.

Seufzend akzeptiert er, dass sie ihm nichts erzählen wird. Er trinkt mit einem großen Schluck seine Tasse leer und schiebt den Teller zur Seite.

Gleichzeitig wollen sie die Geschirrspülmaschine öffnen. Anna zuckt zurück, und er packt ihren Arm, damit sie nicht gegen den Schrank knallt. Ihre Blicke begegnen sich und die Zeit steht still. Wie hypnotisiert starren sie sich an. Er will sie. Er will sie unbedingt. Ohne darüber nachzudenken, hebt er den rechten Arm, fasst in ihre Haare und zieht sie zu sich heran. Sie wehrt sich nicht, legt ihre Hände flach gegen seinen Brustkorb und sieht zu ihm auf. Ihr Kinn zittert leicht, ihre Nasenflügel beben und er beugt sich vor. Eine Ewigkeit sind sie sich ganz nah, seine Lippen streicheln hauchzart über ihre Stirn und ihre samtweiche Wange, seine linke Hand legt sich an ihren Hals, der Daumen berührt ihre Kehle. Er fühlt, wie sie schluckt, ihre Lippen nähern sich, doch dann zuckt sie zurück.

„Nein", flüstert sie, als sich ihr Atem bereits vermischt. Sie macht sich steif, versucht, ihn wegzudrücken. "Nicht." Ihre Augen glänzen plötzlich feucht und er lockert seinen Griff. Schnell löst sie sich von ihm und dreht sich weg.

Seine Arme fallen herab und das Sehnen wird unerträglich. „Anna", flüstert er heiser, „ich hatte in all den Jahren keine feste Beziehung, weil ich dich nicht aus meinem Kopf kriege. Da war so viel zwischen uns. Sei ehrlich. Du empfindest auch noch was für mich. Ich bilde mir das nicht ein."

„Vergiss es", flüstert sie tonlos.

Ratlos betrachtet er ihren Rücken und die angespannt hochgezogenen Schultern. Es ist ganz still, nur die uralte Küchenuhr an der Wand tickt unbeeindruckt Sekunde für Sekunde gleichmäßig weiter. Plötzlich ist er sich seiner Sache ganz sicher. „Nein, ich vergesse nicht. Ich will dich und du willst mich. Ich lasse dich nicht einfach wieder verschwinden. Ich werde um dich kämpfen, Anna, für uns beide."

Er fasst ihre Schultern, drückt ihr einen sanften Kuss auf die Haare und verlässt die Küche.

Eine angenehme Brise weht über ihren Rücken. Anna hat einen Bikini angezogen, und natürlich war Max zur Stelle, um sie mit Sonnenschutz einzucremen. Er ist wie ausgewechselt, fröhlich, und er flirtet ungeniert mit ihr, egal wie missmutig und reserviert sie ihm begegnet. Er ist nicht drinnen geblieben, sondern hat sich mit seinem iPad frech neben sie auf die Wolldecke unter dem großen Apfelbaum gesetzt. Während sie mit geschlossenen Augen auf dem Bauch lag und versuchte, ihn zu ignorieren, hat er Witze erzählt, sie in die Taille gepikst, zu trinken geholt und ihr einen Eiswürfel auf den Rücken gelegt, sodass sie aufgesprungen ist und sich auf ihn gestürzt hat. Er ließ sich grinsend überwältigen und lachte laut, als sie über ihm kniend knallrot anlief und ihn verlegen losließ.

Nun ist endlich Ruhe. Er liest ein E-Book. Sie liegt neben ihm und nickt immer wieder minutenlang ein. Zum ersten Mal seit Wochen, nein Monaten, kann sie entspannen. Sie ist in diesem Moment, an diesem Tag und an diesem Ort in Sicherheit. Ihr altes Leben scheint weit weg. Was für ein Gefühl. Unwillkürlich seufzt sie wohlig auf und rekelt sich genüsslich. Das Wetter ist herrlich; in der Sonne wäre es viel zu heiß, aber im Schatten ist es genau richtig. Vögel zwitschern, Bienen summen am Rand der Wiese von Blüte zu Blüte, dort, wo Ella im Frühjahr Wildblumensamen verteilt hat, wie Finn erzählte, als Anna sich über die Blütenpracht wunderte.

Ab und zu bewegt sich Max neben ihr, räuspert sich oder fährt sich durch die Haare. Sein Bein berührt manchmal hauchzart ihres. Eine Erinnerung wird in ihr wach. Es muss in dem Jahr vor dem Abitur gewesen sein. Sie waren recht frisch ineinander verliebt und hatten keinen richtigen Sex. Anna war sogar noch Jungfrau. Es war lange, bevor er ihr seine dominanten Neigungen beichtete, doch an diesem Tag dominierte er sie zum ersten Mal, ohne dass sie beide es als solches wahrnahmen, dazu war ihr Zusammensein viel zu harmlos und jugendlich-naiv. Sie erlebt die damalige Situation, als wäre sie mittendrin. Sie riecht ihn, das Waschmittel seines Bettzeugs, hört die leisen Geräusche von unten, wo seine Mutter in der Küche mit Geschirr hantiert. Draußen ist es noch winterlich kalt. Sie ist mit dem Fahrrad gefahren und hat auf dem Weg einen Regenschauer abbekommen. Deshalb hängt ihre Jeans über seinem Heizkörper und sie liegt, die untere Körperhälfte bis auf den Slip nackt, unter der Decke, während er sich angezogen über der Decke neben ihr ausgestreckt hat. Es ist kuschelig warm im Zimmer. Sie haben sich beide auf den Bauch gedreht, stützen sich mit den Ellenbogen auf und halten Bücher in den Händen, um zu lernen.

Lange passiert nichts, doch irgendwann beginnen seine Fingerspitzen, Figuren auf ihren Rücken zu malen. Sie brummt unzufrieden, weil sie sich auf den Buchinhalt konzentrieren muss.

„Still", befiehlt er, „wage es nicht zu knurren, wenn ich dich berühre."

Seine gespielt drohende Stimmlage weckt diese angenehmen, tiefen Vibrationen in ihrem Bauch. Sie liebt es, wenn er so direkt wird, so bestimmend. Seufzend entspannt sie sich und lässt den Kopf seitlich auf die Matratze sinken.

„Nicht denken, Anna", flüstert er, küsst ihren Nacken und umfasst ihre Handgelenke. Er zieht ihre Arme so langsam und sanft nach vorn, als wollte er ausprobieren, ob sie es sich gefallen lässt. Willig gibt sie nach. Mit einer Hand hält er ihre Handgelenke, während die andere sich unter ihren Pullover schiebt und aufreizend langsam über ihren Lendenbereich direkt über dem Po streichelt. Es kribbelt in ihrer Vagina, sie wird feucht und ihr Körper aalt sich unter der Berührung. Es törnt sie wahnsinnig an, dass er ihre Hände festhält. Ob er das weiß? Ob er es deswegen macht? Ob er darauf steht, sie zu zwingen? Oder ist es einfach Zufall, nur harmlose Spielerei?

„So liegen bleiben", raunt er und ihr Herz klopft schneller. Er lässt ihre Arme los und sie rührt sich nicht. Mit einer fließenden, kraftvollen Bewegung zieht er ihr Pullover und T-Shirt gleichzeitig über den Kopf. Sie ist nackt. Sie trägt keinen BH, weil ihre Brüste nicht die Größten sind. Seine linke Hand legt sich wieder über ihre gekreuzten Unterarme. In ihrer Klit beginnt es, aufdringlich zu pulsieren. Mit der Rechten streichelt er unter ihrem Slip über ihren Po und ganz automatisch reckt sie sich seinen Fingern entgegen.

„Ich will dich ansehen, Anna, darf ich das?"

„Was?"

„Ich will dich ansehen, zwischen deinen Beinen."

„Ähm ... ich weiß nicht ..."

„Pst ... nicht denken. Dreh dich um."

Er rollt sie auf den Rücken. Sie versteift sich, weil sie doch fast ganz nackt ist, aber er ignoriert das, beugt sich über sie, und während er wieder ihre Arme über ihrem Kopf hält, umfasst er mit der freien Hand ihr Kinn. Seine Lippen legen sich warm und weich auf ihre, er knabbert an ihrer Unterlippe, bis sie stöhnt. Dann drängt er mit der Zunge in ihren Mund. Mit seinem fordernden Kuss schaltet er ihr Gehirn aus. Da ist nur noch heißes Blut, das sich in sprudelnden Wellen durch ihre Adern bewegt.

Ihre Augen fallen zu. Seine Lippen lösen sich von ihren, er küsst eine Spur ihr Kinn und ihre Kehle entlang zu ihren Brüsten, zupft mit den Zähnen an ihren aufgerichteten Nippeln, bis sie sich windet und leise stöhnt. Er streichelt zart über ihren Bauch, dann setzt er sich auf.

„Lass die Arme über deinem Kopf liegen. Nicht bewegen", raunt er und schiebt seine Hände sanft, aber entschlossen über ihren Venushügel in ihre Mitte. Sie lässt ihn gewähren und eine Minute später kniet er zwischen ihren Oberschenkeln.

„Stell die Füße auf", flüstert er heiser und sie gehorcht. Einige Minuten lang ist es ganz still. Anna fühlt seinen Blick auf ihrer Lustperle und den Schamlippen. Es kribbelt, als Feuchtigkeit aus ihrer Vagina austritt, und sie will reflexartig die Beine zusammenkneifen, doch das geht nicht, weil er ja dazwischenkniet. Es ist viel intensiver als sonst, wenn sie sich im Dunkeln unter der Decke, fast verschämt, gegenseitig mit den Fingern erforscht und gestreichelt haben.

„O Gott!", stöhnt sie und er lacht leise.

„Ist es dir peinlich, dass ich sehe, wie erregt du bist?"

„Ja", wimmert sie und legt die Hände über ihr Gesicht.

„Ich will es trotzdem sehen."

Dieser kurze, fast nebensächlich daher gesagte Satz katapultiert sie in Höhen der Erregung, die sie noch nie vorher erklommen hat. Plötzlich greift er mit einer Hand unter ihren Po, hebt sie an und schiebt ein Kissen unter sie, sodass das Zentrum ihrer Lust erhöht vor ihm liegt. „Schön stillhalten, Anna."

Sie beißt sich auf die Lippen, um nicht zu stöhnen, und kneift unter ihren immer noch über dem Gesicht liegenden Händen die Augen fest zu. Er hantiert mit irgendetwas und es wird ganz warm zwischen ihren Beinen. Irritiert hebt sie den Kopf und riskiert einen Blick. Was sie sieht, lässt ihre Wangen augenblicklich heiß glühen. Durch das Kissen sind ihre intimsten Bereiche erhöht, und er hat die kleine Lampe vom Nachtschrank zwischen ihre Beine gestellt, sodass ihre Mitte hell erleuchtet ist und er alles, also wirklich alles, betrachten kann. Sie kann ein weinerliches Stöhnen nicht unterdrücken, und er lacht leise.

„Kein Grund, sich zu schämen, du siehst wunderschön aus." Er beugt sich vor, küsst ihren Bauch, leckt ihren Bauchnabel, was sie erneut stöhnen und die Wirklichkeit vergessen lässt. Er richtet sich wieder auf und zieht ihre Schamlippen auseinander, fummelt mit einer Fingerspitze dazwischen herum, bis er ihre Klit trifft.

„Hier ist deine kleine Lustperle", raunt er und stupst mit dem Finger dagegen, „und hier ist das Paradies", flüstert er, während er mit einem Finger in ihren Gang eindringt. Nie zuvor hat jemand so etwas bei ihr getan und die Wahrnehmung dieser völlig neuen Eindrücke raubt ihr vollends den Verstand.

Er stöhnt. „Fuck, bist du eng, Anna."

Sie ist hin- und hergerissen zwischen Erregung und peinlicher Scham, möchte sich ihm entziehen und kann doch kaum denken, weil elektrische Impulse durch ihren ganzen Körper zucken.

Max lässt sich nicht aus der Ruhe bringen, sorgfältig und neugierig erforscht er mit den Fingern ihre intimsten Bereiche. „Und jetzt will ich sehen, wie du kommst", beschließt er. Er kneift in ihre Klit. Es ist knapp an der Schmerzgrenze, und sie bäumt sich auf, doch eine Hand auf ihrem Bauch hält sie unten. Ein zweiter Finger drängt sich in ihren engen Lustkanal, krümmt sich, und der Daumen der anderen Hand reibt jetzt fest über ihre Lustperle, während die Handfläche auf ihrem Bauch sie daran hindert, sich ihm zu entziehen. Es gibt kein Entrinnen, und dann kontrahieren ihre inneren Muskeln um seine Finger herum, und sie stürzt mit einem leisen Schrei ins Nichts, wird durch das Universum geschleudert, sieht helle Blitze und hört eine gefühlte Ewigkeit lang nur lautes Rauschen. Allmählich legt sich der Sturm in ihrem Inneren und ihre Sinnesorgane registrieren ihre Umgebung wieder. Sie kapiert, dass er ihr einen Orgasmus verschafft hat, der tausendmal intensiver war als das, was sie sonst beim Petting erlebt.

„Geil, Anna", stößt Max heiser hervor.

Sie hebt den Kopf und sieht, wie er kniend, konzentriert auf ihre Mitte starrend, seinen Schwanz umfasst hat und in seine Hand pumpt. Fasziniert beobachtet sie ihn, bis er kurz darauf einen kehligen Laut ausstößt und seinen Samen auf ihren Bauch spritzt.

Sie hört sich selbst stöhnen. Gott, ist sie erregt. Irritiert reißt sie die Augen auf und starrt in Max' Gesicht. Es ist Sommer, später Nachmittag, die Sonne steht tief. Halb über sich und viel zu nah ist die Kontur des Mannes, von dem sie soeben geträumt hat. Verwirrung pur. Nur langsam versteht sie, was gerade passiert. Sie liegt auf einer Wolldecke im Garten, und er hält mit einer Hand ihre Arme über ihrem Kopf, während die Finger der anderen unter ihrer Bikinihose ihre Klitoris stimulieren. Sie bäumt sich auf, doch er grinst nur.

„Keine Chance, Mäuschen. Du hattest einen heißen Traum und hast meinen Namen gestöhnt und jetzt ist es heiße Realität."

Anna will sich wehren, aber ihr verräterischer Körper lässt ihren Verstand nicht zu Wort kommen. Sie ist feucht, ihre Brustwarzen sind hart und ihre Beine willig gespreizt. Max kann sicher sein, dass ihr gefällt, was er gerade mit ihr anstellt. Die Erregung und der immer noch präsente intensive Traum umhüllen sie wie ein herrlicher, duftender Kokon. Sie kann sich nicht dazu überwinden, ihn zu stoppen. „Du Arsch", seufzt sie und beißt sich auf die Lippe.

„Nicht denken, nur genießen", flüstert Max und stimuliert sie frech weiter, bis sie spürt, dass sich ein Orgasmus in ihr aufbaut. Er scheint es auch zu erkennen, denn genau im richtigen Moment gibt er mit rauer Stimme seine Anweisungen.

„Komm, für mich, jetzt! Ich will es sehen", befiehlt er gelassen, stößt mit einem Finger in ihre Vagina und ihr dämlicher Körper gehorcht ihm. Ein heißer Wirbelsturm reißt sie mit einer Gewalt in die Ekstase, wie sie es seit Jahren nicht erlebt hat. Sie schließt die Augen, schreit auf, ihr Körper zuckt und bebt, bis dieser Mistkerl so gnädig ist, seine Berührungen allmählich sanfter und langsamer werden zu lassen, sodass sie wieder in der Wirklichkeit ankommen kann.

Er küsst zart ihre bebenden Lippen und zwinkert frech. „Killst du mich, wenn ich dich jetzt loslasse?"

„Ja!"

„Dann muss ich dich wohl weiter festhalten."

Tränen steigen ihr in die Augen und laufen über ihre Wangen. „Bitte hör auf", flüstert sie.

Er lässt ihre Arme los, legt seine Hände um ihr Gesicht und küsst die Tränen weg. „Nicht weinen, Anna. Ich liebe dich und du liebst mich. Das ist kein Grund, traurig zu sein."

Die Tränen laufen nun erst recht. Er lässt sich neben ihr auf die Decke fallen und zieht sie in seine Umarmung. Ihr Gesicht landet an seinem T-Shirt. Geduldig streichelt er ihren Rücken, bis sie sich beruhigt.

„Mach das nie wieder." Sie will sich wegdrehen, drückt gegen seinen Brustkorb, um endlich Distanz zwischen ihnen zu schaffen, doch er lässt sich nicht beirren.

„Ich werde es wieder machen, so oft ich die Gelegenheit dazu habe, bis du ehrlich zu mir bist. Da kannst du sicher sein", flüstert er in ihr Ohr und küsst ihren Hals, bevor er sie auf den Rücken dreht und ihre Haare zurückstreicht. „Das zwischen uns ist Liebe, Anna. Egal, was für ein Scheiß dich belastet, wir haben ein Recht darauf, zusammen zu sein."

Seine Worte rauben ihr jede Energie, sich gegen ihn und ihre Gefühle zu wehren. Passiv, ratlos und erschöpft liegt sie unter ihm.

Er küsst noch einmal ihre bebenden Lippen und mustert intensiv ihre Augen. Anscheinend gefällt ihm, was er sieht, denn er lächelt. „Du kannst deine Gefühle nicht vor mir verstecken ... keine deiner Gefühle. Ich lebe meine dominanten und sadistischen Neigungen, Anna, und ich will sie in Zukunft mit dir als meine Partnerin leben."

Fassungslos starrt sie ihn an und ihr Herzschlag dröhnt wie ein Hammer durch ihren Körper.

Er zwinkert. „Aber jetzt", grinsend wirft er einen deutlichen Blick abwärts auf die Ausbeulung seiner Hose, „gehe ich erst mal duschen."

Ehe sie mit den Fingernägeln sein Gesicht zerkratzen kann, ist er lachend aufgesprungen und davongelaufen.

Kapitel 4

O kay, Leute. Rollenspiel. Lasst uns rausgehen." Pascal weist mit der Hand Richtung „ Hof. „Finn, fahr mal einen Wagen vor das Tor."

Sein Assistent nickt und verschwindet. Die Gruppe folgt. Vor dem Eingang bleiben sie stehen und warten auf Pascals Instruktionen.

„Wir üben eine ganz alltägliche Situation vor einem Hotel. Ähm …", er sieht sich kurz um, zeigt dann auf Thomas. „Du bist Politiker, Max ist dein Bodyguard und Hans spielt einen Irren, der dich mit faulen Eiern bewerfen will. Die Übrigen sind die typischen überall im Weg herumstehenden Gaffer."

Finn parkt das Auto. Thomas setzt sich hinten hinein und Max vorn auf die Beifahrerseite. Er steigt aus, sieht sich um, wie sie es gelernt haben, und öffnet für seinen Schützling die Tür.

Anna kichert, weil Hans wie ein Fernsehkomiker lospoltert, um seine Rolle zu spielen. Eine Sekunde später vergeht ihr das Kichern, denn sie liegt unter Max. Es ging so schnell, dass sie nicht mal aufgeschrien hat. Ihre Nase wird an seinem T-Shirt krumm gedrückt und seine Beine halten ihre gefangen.

„Liegen bleiben, nicht bewegen", knurrt er und beginnt zu lachen. Er rutscht ein Stück runter. „Mmh, du duftest so gut", raunt er und beißt neckisch in ihr Ohrläppchen.

„Hey!", protestiert sie und fühlt wieder das Vibrieren seines Brustkorbes.

„Das ist falsch, du Blödmann!"

Er lacht immer noch, hebt den Kopf, zwinkert einmal und drückt frech seine Lippen auf ihre. Seine Zunge streicht aufreizend fordernd über ihre Unterlippe, zwängt sich in ihren Mund und ihre dämlichen, verräterischen Hormone hindern sie daran, aus der Überraschungsstarre zu finden und ihn von sich zu stoßen.

Ein Räuspern über ihnen lässt Max endlich den Kopf heben. Pascal steht mit seinen verschrammten Sportschuhen direkt neben ihren Köpfen und blickt mit vor der Brust verschränkten Armen und ausdrucksloser Mimik auf sie hinab. „Wird's denn gehen?"

Max grinst. „Ich habe sie gerettet."

„Du solltest Thomas retten."

Den Politiker habe ich in den Hoteleingang gestoßen, da war er in Sicherheit. Dann stand aber diese harmlose Passantin so im Weg, dass sie die faulen Eier abbekommen hätte, deswegen habe ich sie auch gerettet.

„Aha."

Annas Gesicht glüht. „Geh jetzt endlich von mir runter", zischt sie, doch Max macht keine Anstalten. Grinsend sieht er gen Himmel und wartet auf Pascals Reaktion.

Dessen Mundwinkel zucken. „Sehr umsichtig. Gehört es auch zur Rettung, die Zielperson abzuschlecken?"

„Natürlich, sonst würde es ja keinen Spaß machen."

Allgemeines Feixen lässt Anna langsam stinksauer werden. „Geh jetzt! Sofort!", keift sie, erreicht aber nur, dass erst recht alle in ungebremste Heiterkeit ausbrechen.

Endlich bequemt sich dieser arrogante, freche, dämliche Pausenclown-Macho, von ihr runterzurollen und aufzustehen. Er zwinkert und reicht ihr die Hand, um sie mit hochzuziehen. Darauf kann sie verzichten. Ihn keines Blickes mehr würdigend steht sie ohne Hilfe auf.

Was bildet dieser Arsch sich ein? Es ist nicht zu fassen!

Was war sie gestern Abend froh, als die Kollegen aus dem Wochenendurlaub zurückkehrten, glaubte sie doch, Max ließe sie in Ruhe, wenn so viele Leute dabei sind, aber dieser Blödmann denkt gar nicht daran. Es ist ihm scheißegal, dass alle mitbekommen, wie er sie umgarnt und mit ihr flirtet. Sämtliche Kursteilnehmer amüsieren sich bereits den ganzen Tag lang köstlich über seine aufdringliche Annäherung und ihre genervte Abwehr. Und das Frechste: Wenn jemand fragt, was denn am Wochenende zwischen ihnen passiert ist, erzählt Max fröhlich, dass sie sich lieben und zusammen alt werden. Beim ersten Mal am Frühstückstisch hat Anna ihm schweigend einen Vogel gezeigt, was er lächelnd zur Kenntnis nahm.

„Danke, Mäuschen. Seht ihr, ich sage es doch, sie liebt mich."

Der Unterricht geht weiter und dieser dämliche Macho bleibt den ganzen Tag lang frech und aufdringlich.

Als sie zum Feierabend die Scheune aufräumen, schleicht er sich von hinten an und pustet ihr überraschend in den Nacken, sodass sie einen Satz nach vorn macht und laut aufschreit. Schon wieder lachen alle und ihre Wut explodiert. Mit Schwung pfeffert sie ihm einen Boxhandschuh gegen die Stirn.

„Na warte", droht er, packt sie und wirft sie auf die Kampfsportmatte. Sie drückt gegen seine Brust, hat aber keine Chance. Über ihr kniend grinst er frech. „Sobald du es mir erlaubst, werde ich dich dafür übers Knie legen und dir den Arsch versohlen, bis er rot glüht", wispert er so dicht vor ihrem Gesicht, dass sein Atem über ihre Haut weht. Augenblicklich ist sie erregt und presst die Lippen fest aufeinander, um bloß kein verräterisches Stöhnen von sich zu geben.

„Ja, die Vorstellung gefällt dir, nicht? Ich weiß das, kleine Maus, und ich freue mich sehr darauf, dir irgendwann diese Freude zu machen."

Seine Frechheit weckt erneut ihren Zorn. Ihre Augen werden schmal. „Lass mich sofort los", zischt sie.

Schweigend mustert er sie und sein Gesichtsausdruck verändert sich. Plötzlich ist da nur noch Zärtlichkeit und Sanftmut. „Ich liebe dich Anna. Ich werde dir das so oft sagen, bis du es mir glaubst", flüstert er rau und küsst zart ihre Nasenspitze, bevor er aufsteht und sie mit hochzieht.

Schon wieder drängen Tränen in ihre Augen, und sie läuft schnell hinaus, damit es bloß keiner sieht.

Zufrieden verschränkt Max die Arme vor der Brust. Anna tut zwar so, als ob sie seine Aufdringlichkeit nervt, aber sie kann ihn nicht täuschen. Sie beobachtet ihn, wann immer sie denkt, dass er es nicht mitbekommt, und er liest Sehnsucht in ihrem Blick. Wenn sie nebeneinandersitzen und ihre Körper sich berühren, macht sie sich nicht mehr steif, und gestern Abend, als sie mit der ganzen Gruppe wieder draußen im Garten saßen und den Sommerabend genossen, ist sie an seiner Schulter eingeschlafen.

Seit drei Tagen kämpft er jetzt um seine Anna, und er ist sicher, dass er ihre harte Schale bald knacken wird. Dann wird sie ihm erzählen, was sie bedrückt.

Seine Aufmerksamkeit wird auf die kleine Tür neben dem großen Scheunentor gelenkt, durch die gerade eine junge Frau in Bürooutfit hereinkommt. Irgendetwas ist seltsam an ihr. Jetzt unterbrechen auch die anderen das Training und sehen neugierig hin. Pascal kennt sie ganz offensichtlich. Er geht zu ihr, um sie zu begrüßen. Sie schwankt, ist blass, scheint ziemlich fertig zu sein. Er führt sie zu einer Bank neben der Tür und geht vor ihr in die Hocke. Sie reden kurz, dann stehen sie wieder auf und Pascal legt den Arm um sie.

Die Gruppe trainiert weiter. Finn übernimmt die Leitung, während Pascal mit der Frau hinausgeht.

„Ist das die neue Flamme vom Boss?", fragt Hans amüsiert und Finn zuckt mit den Schultern. „Wäre die Erste, die ich kennenlerne."

Erst am Nachmittag sehen sie Pascal wieder. Er betritt die Scheune und wirft einen konzentrierten Blick in die Runde. Dann nickt er entschlossen. „Außerordentliche Kaffeepause, Leute. Anna, Max, Finn. Wir müssen etwas besprechen."

Erstaunt folgen sie ihm in sein kleines Büro im Wohnhaus. Es ist ein karg eingerichteter Raum mit einem Schreibtisch, dessen Arbeitsplatte unter einem Haufen Papier und einem Laptop verschwindet, einem Regal, das bis oben mit Aktenordnern gefüllt ist, und einigen alten unbequemen Stühlen rundherum an den Wänden verteilt.

Nachdem sich alle gesetzt haben, ergreift Pascal das Wort. „Die junge Frau von heute Morgen heißt Kira

Novak. Sie ist gemeinsam mit ihrem Halbbruder Oliver David Eigentümerin des Hotels *David*. Auf sie ist ein Anschlag verübt worden, vermutlich von ihrem Bruder. Ich brauche euch, um der Sache auf den Grund zu gehen und sie zu schützen."

Alle nicken gespannt. Pascal wendet sich an Anna und Max. „Ihr spielt ein Ehepaar und bezieht heute Abend ein Zimmer im Hotel."

Augenblicklich dreht sich ein dicker Felsbrocken in Annas Magen. Sie zieht die Stirn kraus und Pascal demonstrativ die Augenbrauen hoch. „Ich hoffe, ihr seid Profis genug, euren privaten Scheiß außen vor zu lassen. Ich brauche euch, denn die anderen sind leider noch nicht gut genug ausgebildet, um so einen Job zu machen."

Sein Blick brennt heiße Löcher in ihre Brust und Anna schluckt. „Sag das dem Affen neben mir."

„Natürlich. Du kannst dich auf uns verlassen", wirft Max umgehend ernst ein. Frechheit und Spaß sind aus seiner Stimme vollständig verschwunden.

Pascal nickt. „Okay. Ich setze mich heute Abend mit Kira in die Hotelbar. Vermutlich ist Oliver David auch dort, da es sich um seinen Lieblingsplatz im Hotel zu handeln scheint. Falls nicht, locken wir ihn hin. Anna, du flirtest mit ihm, damit Max ungestört sein Appartement durchsuchen kann. Klar?"

Max und Anna nicken. „Kein Problem."

„Bekomme ich einen Schlüssel oder muss ich einbrechen?", fragt Max.

„Ich sorge dafür, dass in eurem Zimmer ein Generalschlüssel bereitliegt. Weitere Fragen?"

Beide schütteln die Köpfe und Pascal nickt zufrieden. „Gut." Er wendet sich an Finn. „Morgen übernehme ich hier das Training und du hängst dich abwechselnd mit Max an Olivers Fersen. Wir müssen herausfinden, was der Knabe treibt, denn anscheinend braucht er mehr Geld, als er hat."

„Komme ich auch wieder hierher?", fragt Anna. Pascal schüttelt den Kopf. „Du verbringst den Tag einsatzbereit im Hotelzimmer, um Kira zu helfen, falls unser Verdacht falsch ist und jemand anders sie bedroht."

„Sollte ich dann nicht lieber direkt bei ihr sein?"

„Nein. Wegen deiner …", er zögert kurz, „privaten Angelegenheit bleibst du in der Öffentlichkeit vorsichtshalber so weit wie möglich unsichtbar. Ich kann mir zwar nicht vorstellen, dass dich ausgerechnet in unserer Kleinstadt jemand erkennt, aber wir wollen kein Risiko eingehen. Es reicht, wenn du zur Stelle bist, falls wirklich ein gefährlicher Moment eintritt. Ella ist den ganzen Tag bei Kira und ruft dich, sollte es nötig sein."

Anna nickt. „Okay."

Finn lehnt sich zurück. „Sag mal, Boss …"

Pascal dreht sich ihm zu. „Ja?"

„Ist das ein offizieller Auftrag oder privat?"

„Und wenn er privat ist?"

Ohne zu zögern, antworten alle mit einem gemeinschaftlichen „Kein Problem" und grinsen sich dann, über den unbeabsichtigten Chor amüsiert, gegenseitig an.

Pascal schluckt und räuspert sich. „Freundschaftsdienst", brummt er und steht auf, bevor noch jemand nachhaken kann.

Finn nickt. „Kannst dich auf uns verlassen. Der Kleinen wird nichts passieren."

Gegen achtzehn Uhr donnert Max an Annas Tür. „Bist du fertig?" Sie antwortet nicht, aber die Tür ist nur angelehnt und öffnet sich weiter, als er sie berührt. Er tritt ein. Anna ist nicht da, vermutlich duscht sie noch.

Sein Blick fällt auf das schwarze Notizbuch, ihr Tagebuch. Es liegt neben einem Kugelschreiber auf dem Schreibtisch. Er schlendert näher. „Scheiß drauf, der Zweck heiligt die Mittel", brummt er und schlägt es auf. Sie hat heute etwas hineingeschrieben. Sein Name steht da und er kann nicht mehr wegsehen. Seine Augen überfliegen die Seite, und er muss schlucken.

„Verdammt, Anna", flüstert er und klappt das Buch entschlossen zu. Ohne noch weiter nachzudenken, lässt er es in seine Reisetasche gleiten und hockt sich auf die Bettkante.

Als sie kurz danach den Raum betritt, ist er damit beschäftigt, sein Smartphone zu checken.

„Sorry, hab die Zeit vergessen", murmelt sie und öffnet ihren Kleiderschrank.

„Puh." Erleichtert lässt Anna die Luft aus den Lungen weichen, als sie die Hotelbar verlässt. Es war anstrengend, zu Oliver David freundlich zu sein. Der Typ ist aalglatt und glaubt, jede Frau müsste ihm zu Füßen liegen. Aber nun hat Max getextet, dass er fertig ist, und sie kann sich in ihr gemeinsames Zimmer zurückziehen. Sie haben eine der drei geräumigen Suiten im Dachgeschoss zugewiesen bekommen, weil kein anderer Raum frei war. In ihrem Bauch tanzen Schmetterlinge, sobald sie daran denkt, dass ihr eine Nacht mit Max im selben Zimmer bevorsteht. Wehe, der Macho benimmt sich nicht. Schließlich sind sie nicht zu ihrem Vergnügen hier.

Sie öffnet die Tür.

Um in den Wohnbereich zu gelangen, muss man einen kurzen Flur durchqueren, in dem sich links ein Kleiderschrank und rechts die Tür zum Bad befindet. Die Einrichtung des Hauptraumes hat sie bei ihrem Einzug bereits bewundert. Die Suite ist riesig und edel ausgestattet. Dunkles Holz dominiert sehr kontrastreich zu weißen Wänden und Gardinen. Rechts ist auf einer über zwei Stufen erreichbaren breiten Empore der Schlafbereich, links eine braune Ledersitzgruppe, daneben eine Miniküche mit Kühlschrank. Es gibt eine Terrassentür, deckenhohe Fenster und einen großen Balkon.

Jetzt ist es ganz still und das Licht heruntergedimmt. Misstrauisch betritt Anna den Hauptraum, sieht sich um und bleibt stockSteif stehen. Max sitzt in einem Sessel. Er trägt ein weißes Hemd zu seiner Jeans und hat die Ärmel bis zu den Ellenbogen aufgekrempelt. Einige Haarsträhnen hängen frech in seine Stirn. Heißes Sehnen zuckt beim Anblick dieses attraktiven Mannes, für den sie immer noch so große Gefühle hegt, durch ihren Körper, doch dann erkennt sie, was vor ihm auf dem kleinen, runden Tisch liegt, und ihr Magen zieht sich zusammen. Es ist ihr Tagebuch.

Oh nein. Ein kalter Schauer läuft ihr über den Rücken. Ihre Mundhöhle ist augenblicklich knochentrocken und um ihre Brust scheint sich ein stählernes Band zu wickeln.

„Woher hast du das?", fragt sie heiser.

„Es lag in deinem Zimmer auf dem Schreibtisch und ich habe es mitgenommen."

„Das ist ... es geht dich nichts an, es ist ..."

„Ich weiß, ich habe es trotzdem aufgeschlagen und mein Blick fiel auf meinen Namen, danach konnte ich nicht widerstehen und habe deinen Eintrag von heute gelesen." Er macht eine kleine Pause. „Ich habe nur den Eintrag von heute gelesen."

Sie schluckt. „Dazu hattest du kein Recht."

„Wir werden jetzt darüber reden."

Sie schüttelt den Kopf. „Wir haben hier eine Aufgabe und Pascal versprochen …"

Er hebt lächelnd die Hand. „Pascal passt gerade selber auf sein Mädel auf, und Oliver hat an der Bar genug getrunken, um nur noch zu schlafen. Wir werden heute nicht mehr gebraucht, und ich finde, diese Nacht eignet sich ganz hervorragend, um so einiges zu klären. Auf diesem Stockwerk gibt es nämlich, wie du weißt, nur zwei weitere Suiten, und die sind beide leer. Wir müssen nicht mal leise sein."

Anna schluckt und ihr Herz rast plötzlich. „Nein, trotzdem nein. Es geht dich nichts an, was ich geschrieben habe. Es ist privat." Heiße Wut brennt in ihrer Brust. Sie ballt die Hände zu Fäusten. „Du hast kein …"

Er springt auf, nimmt das Buch und steht so unvermittelt dicht vor ihr, dass sie zurückzuckt.

„Nimm es."

Sie greift zögernd zu und starrt ihn misstrauisch an. Als sie das Buch hat, tritt sie schnell einen Schritt zurück, doch er folgt ihr, umfasst sanft drohend ihre Kehle und schiebt sie gegen die Wand. Dann stützt er beide Hände neben ihrem Kopf auf. „Schlag es auf."

Seine Stimme ist eisig und sein Blick messerscharf. Sie kann sich nicht dagegen wehren und gehorcht.

Er tippt mit dem Finger auf die rechte Seite. „Lies. Den Absatz hier."

Nein. Das geht nicht. Das kann sie nicht. Still schüttelt sie den Kopf.

„Lies", knurrt er, „oder soll ich dir sagen, was dort steht?"

„Bitte, Max, bitte lass das", haucht sie.

„Ich weiß, dass ich es nicht darf, aber tief drin und ganz im Geheimen wünsche ich mir, dass Max mich dazu zwingt, ihm alles zu erzählen", rezitiert er deutlich und langsam, ohne den Blick auch nur für eine Sekunde von ihr zu nehmen.

Sie schluckt. Ihre Brustwarzen sind hart und Feuchtigkeit dringt aus ihrer Vagina. Sie hat Angst und ist erregt, sie will sich ihm ausliefern und gleichzeitig abhauen, sie kämpft gegen sich selbst. Nie wieder, hat sie sich geschworen, wird sie sich dominieren lassen, und nun will sich alles in ihr ihm zu Füßen werfen.

„Und der nächste Satz?", haucht sie bitter, „Hast du den auch gelesen?"

„Ja, den habe ich auch gelesen, und der ist es, der mich so stinksauer macht, dass ich heute nicht in deiner Haut stecken möchte. Ich entscheide nämlich ganz gern selbst, wen ich verachte und wen ich liebe."

„Du wirst mich aber verachten", flüstert sie mutlos und senkt den Kopf.

„Sieh mich an, Anna", fährt er sie an und ihr Gesicht zuckt wieder hoch. Das Buch fällt zu Boden, ihre Lippen beben. Ungerührt mustert er sie, immer noch mit diesem fiesen, harten, messerscharfen Blick. „Du wirst jetzt gehorchen, Anna, nicht wahr?"

Ohne dass sie sich wehren kann, nickt sie ganz automatisch, kaum sichtbar, doch er braucht keine weitere Antwort. Er tritt einen Schritt zurück und hält die Hand auf. „Gib mir das Buch."

Schweigend bückt sie sich, hebt es auf und legt es in seine Hand.

Er schlendert zurück zu seinem Sessel, lässt sich darauf nieder und schlägt lässig die Beine übereinander. „Ins Bad und zieh dich aus. Geh noch mal zur Toilette, denn ich schätze, dazu hast du in den nächsten Stunden keine Gelegenheit mehr. Solltest du in zehn Minuten nicht nackt hier vor mir knien, hole ich dich. Glaub mir, das möchtest du nicht wirklich erleben. Ich bin nicht mehr der harmlose Naivling wie zu unserer Schulzeit. Du würdest es sehr bereuen, mir nicht zu gehorchen."

Max sitzt in seinem Sessel und starrt wie gebannt in Richtung der Badezimmertür. Er hat sie extra allein dort hineingeschickt. Sie soll Zeit haben, eine Entscheidung zu treffen. Ein entschiedenes Nein wird er akzeptieren. Aber ihre Haltung, ihre Mimik und ihre zitternde Stimme sendeten ihm andere Signale. Sie sehnt sich genauso nach ihm, wie er sich nach ihr sehnt. Davon ist er überzeugt, und deswegen wird er ihren Wunsch erfüllen, sollte sie seiner Anweisung folgen.

Die Tür öffnet sich. Sie kommt tatsächlich nackt heraus und sinkt in einer fließenden Bewegung vor ihm auf den Boden. Sie kniet sich mit leicht gespreizten Beinen hin, legt die Stirn auf den Teppich und streckt die Arme ergeben in Richtung seiner Füße. Fasziniert betrachtet er sie. Es ist still im Raum und sie rührt sich nicht. Schlagartig wird ihm klar, dass sie nicht mehr das naive, junge, devote Mädchen aus seiner Schulzeit ist. Es ist hundertprozentig nicht das erste Mal, dass sie diese Position einnimmt. Dafür waren ihre Bewegungen viel zu geschmeidig, zu selbstverständlich.

Normalerweise redet man miteinander, bevor man sich in einer Session trifft, in diesem Fall ist das nicht möglich, denn sie wird ihm nichts erzählen. Würden sie über Neigungen, Grenzen und Tabus sprechen, müsste sie zugeben, dass sie ihn will, und das kann sie nicht, sonst würde sie sich ja nicht wünschen, dass er sie zum Reden zwingt. An diesem Abend geht es nicht nur um ein heißes Spiel, sondern um tiefe Gefühle. Er wird jede Sekunde dieser Nacht ihre Reaktionen sorgfältig im Auge behalten müssen, wenn das hier kein Fiasko werden soll. Noch könnte er abbrechen. Bei jeder anderen Frau würde er das auch tun. Die Verantwortung und das Risiko wären ihm viel zu groß, aber hier geht es um Anna und ihn, um ihre gemeinsame Zukunft.

Er steht auf und hockt sich neben sie. Sie rührt sich nicht. Er legt die linke Hand auf ihre Pobacke. Sie zuckt und ihre Atmung wird hektisch. Sanft streichelt er über die weiche Haut, lässt die Hand im unteren Rückenbereich liegen und wandert mit den Fingerspitzen der rechten zwischen ihre Pobacken. Sie bebt, als er sich ihrem Anus nähert, spannt die Gesäßmuskeln kurz an, entspannt dann aber sofort wieder, um ihn dort zu empfangen. Sie kennt Analverkehr, kein Zweifel.

„Demnächst gerne, aber nicht heute, Mäuschen", informiert er sie amüsiert. Sie stöhnt frustriert auf.

„Beine breiter, Anna", befiehlt er, jetzt wieder hart und rüde.

Umgehend gehorcht sie, sodass seine Finger sich ungehindert auch in den Rest ihrer intimsten Bereiche vortasten können. Sie ist feucht und ihre Schamlippen schmiegen sich geschwollen um seine Finger. Sein Schwanz drückt gegen den Stoff seiner Hose. Wäre er ein normaler Liebhaber, würde er sie ins Bett tragen, zärtlich lieben und die ganze Nacht im Arm halten. Aber er ist kein normaler Liebhaber, und sie erregt die Situation eindeutig genauso sehr wie ihn.

Er verändert seine Position etwas mehr hinter sie. Sie keucht und zuckt. „Ganz ruhig, Anna. Vertrau mir. Das hier ist eine Session, keine Vergewaltigung."

Sie entspannt sich zitternd, und er würde alles darum geben, zu erfahren, warum seine harmlose Bewegung gerade fast eine Panik in ihr ausgelöst hätte. Sie wird es ihm erzählen, nicht jetzt, aber später.

Sie seufzt, als er einen Finger um ihre Klit zirkulieren lässt. Er senkt die Hand, legt sie an die Innenseite ihres Oberschenkels und sie stößt unwillkürlich ein sehnsüchtiges Wimmern aus. Er kann sich ein Lächeln nicht verkneifen und beginnt, mit dem Daumen auf ihrer weichen Haut hin und her zu streicheln.

„Hast du schnell Taubheitsgefühle, wenn du gefesselt wirst?"

„Manchmal in den Händen", flüstert sie, und ihre prompte Reaktion bestärkt seine Einschätzung, dass sie nicht nur Anfänger-BDSM-Erfahrungen hat.

Er hockt sich neben ihren Kopf und kämmt mit den Fingern ihre Haare zurück. „Wie lautet dein Safeword, Anna?"

Eine endlose Minute lang ist es still.

„Rosenrot", flüstert sie schließlich, ohne das Gesicht zu heben.

„Wann hast du es zuletzt benutzt?"

Sie schüttelt kaum merklich den Kopf und Max muss einen dicken Kloß in seiner Kehle hinunterschlucken.

„Du wirst es sagen, sollte sich Taubheit einstellen, dir übel werden oder sich eine Panik, zum Beispiel Platzangst, entwickeln."

„Ja", haucht sie.

„Versprich es mir. Lass mich nicht hängen, Anna. Ich muss mich darauf verlassen können." Er erkennt deutliche Schluckbewegungen an ihrer Kehle.

„Ich verspreche es", haucht sie und er küsst sanft ihren Nacken.

Eine Weile betrachtet er sie und denkt nach. Er wird sich mit harmlosen Mitteln begnügen. Aber auch damit kann man eine devote Frau zutiefst verstören, wenn die Session zu intensiv und unbedacht ausgeführt wird … oder man versehentlich schlimme Erinnerungen weckt, resümiert er sarkastisch, während er sich an die kurze Panik gerade erinnert.

Er steht auf und wühlt in ihrer und seiner Tasche. Schnell hat er gefunden, was er benötigt, und tritt hinter sie.

Er greift in ihre Haare. „Hoch mit dem Oberkörper." Routiniert und zügig verbindet er ihr mit einem Tuch die Augen. Dann zieht er sein Hemd aus, windet die Ärmel um ihre Oberarme und verknotet den Stoff stramm hinter ihrem Rücken damit sie gezwungen ist, die Brüste vorzustrecken. Er lässt sie auf Knien so an die Wand rutschen, dass er ihre überstreckten Oberarme am oberen Rohr des kalten Heizkörpers fixieren kann. Sie kniet jetzt aufrecht mit leicht nach hinten gebeugtem Oberkörper, was auf die Dauer sehr unbequem wird.

„Beine breit, was soll das denn", fordert er ungeduldig, und mühsam rückt sie mit den Knien auseinander, wodurch die gestreckte Haltung noch gemeiner wird.

Annas Herz jagt. Max schiebt etwas Hartes zwischen ihre Knie, vielleicht ein dickes Buch, sodass sie die Beine nicht wieder ganz zusammenpressen kann. Er hat sie auf raffinierte Weise in eine äußerst unbequeme Haltung gebracht, die so gut wie keine Ausweichbewegungen zulässt. Sie wird alles ertragen müssen, was er für sie vorgesehen hat.

Gespannt wartet sie, was als Nächstes passiert. Es ist still, sie weiß nicht, ob Max vor ihr steht oder sich entfernt hat.

Sie ist ihm ausgeliefert. Unerwartet überfällt sie ein seltsames Gemisch aus Erleichterung, Liebe und Stolz. Ihre Muskeln entspannen. Sie konnte nicht Nein sagen, sie wollte nicht Nein sagen und ja, sie will das hier. Sie will, dass er sie ansieht, dass er es genießt, sie in dieser Position zu quälen, sie will für ihn leiden, und sie vertraut ihm – wem sonst, wenn nicht ihm. Glückshormone rauschen durch ihren Körper. Stöhnend legt sie den Kopf in den Nacken.

„Warum glaubst du, dass ich dich verachten könnte?", fragt er leise.

Anna schluckt, will reden, findet aber keine Worte. Er küsst hauchzart ihre bebenden Lippen.

„Du denkst noch viel zu viel, Maus. Ich werde dir jetzt wehtun, damit der Schmerz und die Erregung deinen Verstand ausschalten." Seine Hand presst sich auf ihren Venushügel. Sie zuckt überrascht, stößt einen leisen Laut aus und ihre Bauchmuskeln beben.

„Die Vorstellung macht dich richtig heiß, nicht wahr? Du stehst auf Schmerz, ist das so, Anna?"

Sie wimmert kaum hörbar und seine Hand legt sich an ihre Kehle.

„Ich habe dich etwas gefragt, Mäuschen", hakt er rüde spöttisch nach.

„Ja", stöhnt sie heiser.

Sein Daumen fährt über ihre Oberlippe, sie öffnet den Mund und küsst ihn, umschließt ihn, als er in ihre Mundhöhle eindringt. In ihrem Bauch vibriert die Erregung.

Er zieht sich zurück, lässt sie allein, und sie ersehnt sich nichts mehr, als seine Hand erneut auf ihrem Körper zu spüren.

Sie hört Schubladen auf- und zugehen, irgendetwas klirrt, Schritte, mal näher, mal weiter weg, er lässt etwas neben ihr fallen, ein weiteres Mal Klirren, aber anders, vielleicht Metall. Sie zuckt zusammen, als er sie berührt, weil sie nicht mitbekam, dass er sich ihr wieder näherte.

Er umfasst mit beiden Händen ihre Brüste. Wärme durchdringt die Haut, er streichelt sanft und sie seufzt. Nun beginnt er, ihre Brustwarzen zu zwirbeln, erst nur ein wenig, dann stärker. Sofort jagen elektrische Impulse durch ihre Nervenbahnen in ihre Klitoris. In ihren Schamlippen pulsiert es. Sie ist nass, ihre vaginalen Muskeln zucken, sie steht kurz vor einem Orgasmus. Ohne zu denken, versucht sie, ihren Körper seinen Händen entgegenzustrecken.

Etwas Raues berührt ihre rechte Brust. Was ist das? Es ist hart, ein harter Schwamm? Eine Bürste? Er reibt damit fest über die Haut um ihren Nippel herum, sie zuckt, denn es wird schnell unangenehm und beginnt zu brennen. Sie presst die Lippen zusammen, es tut weh und es macht sie immer heißer. Noch aufdringlicher schießen grelle Blitze durch ihren Körper, verbinden ihre Brustwarzen mit ihrem Unterleib. Schmerz und Erregung, geil und brennend. Ungerührt von ihren Reaktionen beschäftigt Max sich mit der linken Seite. Auch hier reibt und schrubbt er ausgiebig um den Nippel herum. Bald fühlen sich beide Brüste wund, geschwollen und glühend heiß an.

Er lässt von ihr ab. Einen Moment passiert gar nichts. Anna hört ihre eigenen keuchenden Atemzüge. Er scheint sie zu betrachten. Die Vorstellung löst ein Kribbeln auf ihrer Haut aus. Ob er das sehen kann?

Plötzlich drängen seine Finger zwischen ihre Beine. „Nass, Mäuschen, nass, offen und bereit", stellt er fest. „Wie schön, dass dir meine Zuwendungen gefallen." Seine Stimme klingt spöttisch amüsiert und Anna fühlt glühende Hitze im Gesicht.

„Du wirst dich jetzt auf meine Fragen konzentrieren. Ich erwarte spontane Antworten. Hast du das verstanden, Anna?"

Die Tonlage seiner Stimme lässt einen erneuten Schwall Flüssigkeit aus ihrer Vagina austreten. „Ja", haucht sie.

„Wohin bist du nach dem Abitur gegangen?"

„Ich…" Sie zögert und schreit im nächsten Moment auf, weil etwas Eiskaltes, Nasses auf ihre heiße rechte Brust drückt.

„Wohin, Anna?"

„London", faucht sie und die Kälte verschwindet. Eiswürfel, schießt es ihr durch den Kopf, der Schuft benutzt Eiswürfel.

„Was hast du in London gemacht?"

Kalte Finger umkreisen einen der jetzt brennenden, überempfindlichen Nippel. „Au-pair", flüstert sie schnell.

„Und außerdem?"

„Ich …" Ein fieses Stechen lässt sie sich aufbäumen, spitze Schrauben oder Nadeln kratzen in mehreren geraden Linien über ihren Bauch. Was ist das? Sie kann sich nicht konzentrieren, denn schon wieder löst seine fordernde Stimme an ihrem Ohr winzige Explosionen in ihrer Vagina aus.

„Und außerdem?", fährt er sie hart an.

„Clubs!", stößt sie hervor.

„Was für Clubs?", kommt unerbittlich die nächste Frage und wieder fieses, spitzes Kratzen auf ihrer Haut. Er schneidet sie, der Arsch schneidet sie!

„SM-Clubs, bitte nicht, bitte kein Blut! Bitte nicht!", wimmert sie.

„Ich verletze dich nicht, Anna, keine Angst. Hattest du Sessions mit Fremden?"

Sie schluckt, ihr bis an die Grenzen des Erträglichen erregter und gereizter Körper will ihm ausweichen, doch er malträtiert gleichzeitig rechts und links ihre Leisten. Sie bäumt sich auf und jetzt kapiert sie es. Es müssen Gabeln sein, er foltert sie mit den Zinken von Gabeln. Während ihr Verstand rotiert, kratzt er langsam über ihre wunde rechte Brust und Tränen schießen ihr in die Augen. „Antworte, Anna, sofort!", blafft er direkt an ihrem Ohr und wiederholt die Qual, diesmal fester, über die heiße, brennende Haut.

„Ja!"

„Was ist dann passiert?"

Völlig unerwartet wieder eisige Kälte. Sie trifft auf ihre geschwollene, pulsierende Klit, er presst einen Eiswürfel direkt auf die sowieso schon elektrisierten

Nervenenden, gnadenlos und ohne Unterbrechung. „Rede, Anna!"

Sämtliche Mauern in ihrem Kopf zerfallen zu Staub. „Ich habe geheiratet", weint sie.

„Du bist verheiratet?", fragt er heiser und sie spürt, wie er für einen kurzen Moment erstarrt.

„Was ist in deiner Ehe passiert, Anna?" Wieder Kälte, wieder Stechen und Kratzen, sie kann gar nicht mehr orten, wo er sie quält, die unterschiedlichen Reize und der immer wildere Tanz ihrer Hormone verhindern jeden klaren Gedanken.

„Ich schäme mich so." Sie heult auf. „Ich habe alles falsch gemacht ... ich hätte nicht ... ich liebe dich ... immer nur dich, aber du ..."

Plötzlich nur noch sanfte Finger zwischen ihren Beinen. „Ich liebe dich auch, Anna." Er stimuliert kreisend ihre Lustperle, dringt mit zwei Fingern in sie ein, mit der anderen Hand zupft er unerwartet zart an einer Brustwarze. Ein Orgasmus rast wie eine Flutwelle durch ihren Körper. Sie schreit auf, verliert jeden Halt und alle Energie fließt aus ihr heraus. Ihr Kopf sackt nach vorn und landet mit der Stirn an seiner Schulter.

„Erzähl mir alles, Anna", fordert er leise an ihrem Ohr und die Worte fließen aus ihrem Mund.

„Ich hasse ihn, ich habe Angst vor ihm, ich habe ihn alles mit mir machen lassen, ich habe ihm vorgespielt, dass ich ihn liebe, ich schäme mich so, ich war so feige ... Ich habe mich nicht getraut ... Ich habe ... ich ..." Sie schluchzt laut und krampfhaft. Er richtet sich kurz auf und löst die Fesselung.

Sie fällt gegen ihn. Ihre Arme sind frei und schließen sich um seinen Nacken. Weitere Worte sprudeln unaufhaltsam aus ihrem Mund, bis ihr Kopf ganz leer ist.

Max hält sie, hört wirre Satzfetzen und kann sich ungefähr zusammenreimen, wie es ihr ergangen ist. Er zieht ihr das Tuch von den Augen und küsst sanft die Tränen fort.

„Ich verachte dich nicht, Anna. Niemand würde dich verachten. Du hast es in deiner Ehe ausgehalten, weil du keine andere Wahl hattest. Du hast das Richtige getan, du hast alles richtig gemacht. Hörst du, Maus?"

Sie hebt das Gesicht, sieht ihm in die Augen und schüttelt den Kopf. „Nein, du verstehst nicht", flüstert sie mutlos. „Ich habe alles getan, um dich zu vergessen, aber es hat nichts genützt. Dann habe ich Christian in einem SM-Club kennengelernt. Er wollte mich und ich habe mich ihm wie eine Nutte verkauft. Er ist sehr reich und sieht gut aus, er hat mir jeden Luxus geboten. Ich habe gedacht, es wäre naiv, weiter auf die große Liebe zu warten und ich wäre dumm, wenn ich das Leben, das er mir bietet, ausschlage. Er ist einer dieser Typen, von dem Frauen träumen, und es war toll, beneidet zu werden, immer Geld zu haben, alles kaufen zu können." Sie schluckt und atmet tief durch. „Ich habe alles mitgemacht, was er wollte. Ich habe es auch mit anderen getrieben. Er hat mich gerne mal für eine Session verliehen, weil er es mochte, zuzusehen. Ich bin eine Nutte, Max. Ich bin billig. Ich bin nicht mehr die anständige Anna aus der Schule."

Entschlossen schüttelt er den Kopf. „Jeder Mensch hat das Recht, Fehler zu machen. Ich liebe dich. Genauso wie damals liebe ich dich auch heute noch. Ich habe so oft an dich gedacht und mich nach dir gesehnt."

Sie sieht ihm still und ungläubig in die Augen.

„Hat er dich vergewaltigt, Anna?", fragt er vorsichtig.

„Am Anfang nicht." Sie schluckt. „Aber später hat er vergessen, dass es zwischen einer Session und einer echten Vergewaltigung den einen oder anderen klitzekleinen Unterschied gibt", fügt sie bitter ironisch hinzu.

„Deswegen hast du dich vorhin erschrocken, nicht?"

„Ja, aber es war nur eine Sekunde lang. Vor dir habe ich keine Angst."

Er küsst ihre Stirn. „Was ist dann passiert, Anna? Warum versteckst du dich?", fragt er leise.

Sie senkt den Kopf und legt die Schläfe an seine Brust. „Christian ist zu einem Psychomonster geworden. Ich bin abgehauen, war in einem Frauenhaus. Er hat mich beschatten und bei der ersten Gelegenheit entführen lassen. Dann habe ich ihm über ein Jahr lang die reuige, liebende Ehefrau und alles duldende Sub vorgespielt, damit er mir wieder vertraut. Ich habe mich nicht gewehrt, weil ich Angst hatte, dass meine submissiven Neigungen in der Öffentlichkeit breitgetreten werden. Ich habe alle Frauen verraten, die den Mut haben, sich gegen brutale Partner aufzulehnen. Dafür schäme ich mich."

„Was geschah dann? Wie bist du zu dem Lehrgang von Pascal gekommen?"

„Eine der Bewohnerinnen des Frauenhauses hat mich heimlich kontaktiert. Inzwischen sind wir mehrere. Wir haben uns zusammengetan, um etwas gegen solche Arschlöcher zu tun. Wir wollen eine Securityfirma für Frauen gründen, die sich allein nicht helfen können. Wir wollen Typen, die Frauen bedrohen und ungeschoren davonkommen, nur weil sie gute Anwälte haben, bloßstellen, Beweise sammeln und veröffentlichen, aufklären, mit der Polizei zusammenarbeiten. Na ja." Sie zuckt mit den Schultern. „Wir wissen nicht, ob wir alles schaffen, was wir uns erträumen, aber wir werden es versuchen. Ich trainiere seit einiger Zeit heimlich sehr intensiv Selbstverteidigungstechniken. Als Christian mir erzählte, dass er für eine Woche verreist und mich ausnahmsweise nicht mitnehmen kann, war es die perfekte Gelegenheit, um diesen Kurs zu buchen und endlich abzuhauen. Wenn der Lehrgang um ist, werde ich mich nicht mehr verstecken, sondern wehren."

„Ich liebe dich, Anna. Lass dir von mir helfen."

Sie versteift sich in seiner Umarmung. „Ich will nie wieder schwach sein, ich will nie wieder von einem Mann abhängig sein. Ich werde mich scheiden lassen und nie wieder heiraten, auch dich nicht."

Er küsst ihre bebenden Lippen und nickt. „Ich verstehe dich." Sanft streicht er ihre Haare zurück. „Wir lieben uns, Anna, das ist so, das fühlst du genauso wie ich. Und deshalb möchte ich mit dir zusammen sein. Gleichberechtigte Partner, Maus. Du bist frei und bleibst frei. Ich unterstütze dich, so gut ich kann, aber du entscheidest. Wie hört sich das für dich an? Willst du das? Möchtest du, dass wir zusammengehören, ohne dass einer vom anderen abhängig ist oder einer den anderen unterdrückt?"

Sie starrt ihn lange an. Dann nickt sie. „Ich möchte nichts lieber."

„Ja?" Er kann es nicht unterdrücken. Auf seinem Gesicht breitet sich ein Grinsen von einem Ohr zum anderen aus, wie bei einem Kind vor dem Weihnachtsbaum an Heiligabend.

Sie lächelt liebevoll und streicht durch seine Haare. „Ja." Ein vorwitziges Blinzeln huscht durch ihr Gesicht. „Aber nicht im Bett."

Augenblicklich reagiert sein Schwanz. „Nein, nicht im Bett, da wirst du mir gehorchen und ich werde dich mit Lust und Schmerz verführen", flüstert er heiser.

Sie leckt sich über die Unterlippe und die Luft zwischen ihnen knistert. Ihre Blicke versinken ineinander und ihre Lippen prallen aufeinander, sie verlieren sich in einem innigen, nicht enden wollenden fordernden Kuss. Es ist, wie nach einer langen Reise nach Hause zu kommen.

„Bitte schlaf mit mir, Max", flüstert sie atemlos an seinen Lippen und umklammert seinen Nacken, als wollte sie ihn nie wieder loslassen.

„Später, wenn wir müde sind. Erst muss ich Liebe mit dir machen", raunt er, und sie kichert glucksend hell, genau wie damals, als sie noch fast Kinder waren.

Er steht mit ihr im Arm auf und trägt sie zum Bett. Kaum liegt sie auf dem Rücken, spreizt sie die Beine und stellt die Füße auf. Die glänzende Feuchtigkeit zwischen ihren Schenkeln und die schamlose Körperhaltung sind Einladung genug.

Er entledigt sich seiner Hose und greift sich schnell ein Kondom aus der Tasche. Ihre Augen verfolgen seine Bewegungen, bis er sich auf dem Bett über sie beugt. „Ich habe dich so sehr vermisst, Anna", flüstert er.

„Ja", haucht sie an seinem Ohr und schreit auf, als er mit einem harten Stoß in sie eindringt.

Ihre warme Feuchtigkeit umschließt seinen Schwanz. Er greift ihre Hände, drückt sie neben ihrem Kopf auf die Matratze und ihre Finger fädeln sich ineinander. Er stößt erneut fest zu. „Anna", keucht er, zieht sich zurück und dringt wieder in sie ein. Der Drang, sie in Besitz zu nehmen, sie für die Ewigkeit zu seiner Frau zu machen, packt ihn, wie er es noch nie erlebt hat. Der Sex bekommt eine völlig neue Bedeutung, es ist viel mehr als körperliche Befriedigung, es ist physische und seelische Vereinigung, es ist Liebe. Sie wölbt sich ihm entgegen, nimmt seinen Bewegungsrhythmus an, sie werden zu einer Einheit. Allmählich bewegt er sich schneller und noch kraftvoller. Immer tiefer dringt er in sie ein, und sie empfängt jeden Stoß bereit und wohlig stöhnend, bis sie aufschreit und ihre inneren Muskeln ihn umklammern, loslassen und wieder impulsartig kontrahieren, ihn animieren, die Kontrolle über seinen Schwanz zu verlieren. Er lässt ihre Hände los, sie legt die Arme um seinen Nacken. Er stöhnt tief aus der Kehle heraus, versteift sich und stößt noch einmal in sie hinein. Alles in seinem Körper zieht sich zusammen. Der Orgasmus scheint jede Zelle seiner Muskeln zu erfassen, zitternd und kraftlos sinkt er schließlich auf sie hinab, denkt gerade noch daran, sich mit den Ellenbogen aufzustützen, um nicht zu schwer für sie zu sein.

Sie keuchen im Gleichklang, ihre Wangen schmiegen sich aneinander. Lange liegen sie einfach so da, als hätten sie sich im Universum verlaufen und könnten den Weg zurück in die Realität nicht mehr finden.

„Ich weiß, dass das jetzt fies ist, aber ich muss mich aus dir zurückziehen, Maus, sonst rutscht mir das Kondom ab", stöhnt er schließlich, und sie lässt die

Arme sinken, die immer noch seinen Nacken umklammerten.

Sie wimmert auf und zuckt, während er sich vorsichtig von ihr löst und dabei die nach dem so überwältigenden Orgasmus noch überempfindlichen Nervenenden in ihrer Mitte reizt. Er küsst ihre Nasenspitze, und sie seufzt, als er aufsteht, um ins Bad zu gehen.

Das Wasser plätschert leise gegen die Ränder der luxuriösen Badewanne. Anna ruht mit dem Rücken an Max' Brust. Sie ist so glücklich und entspannt wie seit der Schulzeit nicht mehr. Es ist ganz anders als sonst nach einer Session, so viel mehr als normale Befriedigung, so viel reines, überschäumendes Glück.

Duftendes Schaumbad verwöhnt ihre Haut. Max streicht sachte über ihre wunden Brüste. Sie bebt leicht und zieht zischend die Luft durch die Zähne. Stöhnend beißt er in ihr Ohrläppchen. „Wenn du so was machst, werde ich gleich wieder hart."

Sie legt den Kopf zurück und kichert. „Das wird noch drei Tage lang brennen und mich jede Minute heißmachen, du Mistkerl. Ich werde beim Training ziemlich leiden."

„Und ich werde beim Training leiden, weil ich deine Geilheit erkenne, wenn ich in dein Gesicht sehe."

Sie dreht den Kopf und betrachtet ihn. „Gott, bin ich glücklich", stößt sie plötzlich erstaunt hervor. „Passiert das gerade wirklich?"

Er küsst ihre Nasenspitze und lächelt. „Ja, Anna. Alles echt."

Zart streicht er über ihre Kehle und sie lässt den Kopf nach hinten sinken. Eine Weile schweigen sie einträchtig.

„Anna, du musst mir was versprechen."

„Ja?"

„Rede mit mir, immer. Ich bin dominant und du bist devot. Manchmal passiert es im Alltag ganz aus Versehen, dass man es lebt, vielleicht beginnt es im Spaß, wie ein Flirt, und man merkt gar nicht, dass es zur Gewohnheit wird. Verstehst du, was ich meine? Du musst es mir sofort sagen, wenn du dich nicht wohl oder nicht frei fühlst."

Sie nickt. „Ich weiß, was du meinst. Ich habe in meiner Ehe den Fehler gemacht, diesen leichten Weg zu gehen. Solange der Partner es gut mit einem meint, ist es so einfach und angenehm, sich dominieren zu lassen, Entscheidungen dem Mann zu überlassen, keine Verantwortung zu übernehmen."

„Es ist manchmal ziemlich schwierig, dominant zu sein, wenn der devote Part in den entscheidenden Momenten nicht Nein sagen kann. Es ist dann furchtbar viel, zu viel Verantwortung."

Sie umfasst seine Hände vor ihrem Körper. „Ich habe meine Lektion gelernt, Max. Ich werde nie wieder die Verantwortung über mein Leben abgeben." Sie atmet tief durch. „Ich werde in Zukunft mein Safeword benutzen. Ich verspreche es dir. Ich meine, nicht nur in einer Session, auch sonst, wenn ich nicht gegen dich ankomme. Okay?"

„Klingt gut."

Er zwirbelt ihre geschwollenen Nippel und sie schreit leise auf. „Und jetzt muss ich dich noch mal nehmen, Anna, ganz dominant und ziemlich hart", raunt er in ihr Ohr. „Fällt dir dazu eine Farbe ein?"

„Grün. Verdammtes, dunkles Ampelgrün, du Mistkerl", stöhnt sie und schließt die Augen.

Kapitel 5

Hast du heute Mittag kurz für mich Zeit, Trainer?", fragt Max und Pascal nickt. „Klar. Komm nachher mit in mein Büro." Anna runzelt die Stirn. Max hat ihr nichts davon erzählt, dass er mit Pascal etwas bereden will. Innerlich über sich selbst schmunzelnd schüttelt sie den Kopf. Sie benimmt sich schon wie ein altes Eheweib. Entschlossen wendet sie sich wieder Lena und Christin zu, die unter ihrer Anleitung einige schwierige Selbstverteidigungstechniken üben. In den letzten Tagen hat Pascal sie mehr und mehr als Assistentin eingesetzt, weil sie so gut ist. Das macht sie sehr stolz. Ihr Blick gleitet kurz zu Max, der gerade mit Hans darüber fachsimpelt, wie wichtig oder unwichtig es ist, Waffen dabeizuhaben. Sein Haar ist ganz verstrubbelt und unter den T-Shirtärmeln erkennt man deutlich seine ausgeprägten Muskeln. Er trägt ein uraltes, ausgeblichenes und ausgeleiertes T-Shirt. Eitel ist er immer noch nicht, genauso wenig wie damals. Fuck, sie liebt ihn so sehr.

Die Wochen sind rasend schnell vergangen. Der Einsatz im Hotel war nach einem Tag erledigt und sie kehrten in den normalen Lehrgangsalltag zurück. Seitdem kleben sie wie siamesische Zwillinge aneinander, haben zärtlichen Sex und sich gegenseitig alles über ihre letzten Jahre und ihre Erfahrungen mit BDSM-Partnern erzählt. Nun sind es nur noch drei Tage, bis der Lehrgang vorbei ist. Anna wird wie geplant zurück nach Berlin gehen, in eine WG mit zwei Freundinnen ziehen und daran arbeiten, ihre Pläne zu realisieren. Max bleibt vorerst in Köln. Dort ist er in einer großen Securityfirma angestellt. Aber er hat bereits mit seinem Chef telefoniert und die Zusage erhalten, nach Berlin versetzt zu werden, sobald in der dortigen Filiale ein Job frei wird.

Anna rechnet es Max hoch an, dass er nicht versucht hat, sie zu überreden, mit ihm nach Köln zu gehen. Sicherer wäre es, weil sie dort weit weg von ihrem Noch-Ehemann wäre und niemand sie in dieser Stadt vermuten würde. Dass er es nicht vorgeschlagen hat, zeigt ihr, wie ernst er es meint, gleichberechtigte Partner zu sein. Es war für ihn ganz selbstverständlich, dass er die Stadt wechselt, damit sie zusammen sein können. Glücksgefühle überschwemmen ihr Herz. Gott, sie ist so verliebt, dass es fast wehtut. Das Einzige, was sie sich noch für längere Zeit verkneifen müssen, und schon wieder muss sie über sich selbst schmunzeln, sind SM-Sessions. Während des Lehrgangs fehlte die entsprechende Privatsphäre. Und wenn sie sich in Zukunft gegenseitig besuchen, sind sie weder in Berlin noch in Köln allein, denn auch Max teilt sich eine Wohnung mit einem WG-Partner. Sie werden sich einen Club suchen müssen.

Unwillkürlich seufzt sie leise. Sie sehnt sich nach der Erfahrung, mit dem Mann, den sie liebt, eine intensive Session zu erleben, zumal sie inzwischen weiß, dass auch er auf härtere Spiele steht. Seit sie darüber gesprochen haben, verzehrt sie sich jeden Tag danach, zum ersten Mal unter seiner Obhut vollständig den Halt zu verlieren. Während der ersten Jahre in London hat sie sich oft exzessiv fremden Männern ausgeliefert, um sich in diese seltsame irreale Welt katapultieren zu lassen, in die eine Sub gelangt, wenn sie durch Schmerz und Dominanz zur völligen Kapitulation gezwungen wird. Sie war geradezu süchtig nach Erlebnissen dieser Art, weil währenddessen alles quälende Denken, Sehnen und Leiden verschwindet, weil nichts anderes als Schwerelosigkeit übrig bleibt.

Was für eine grandiose Erfahrung muss es sein, diesen Zustand mit dem Mann zu erleben, den man liebt.

„Anna! Du sollst noch mal in die Scheune kommen!"

Lenas Ruf vom unteren Treppenabsatz aus ist so schrill, dass er mühelos durch die geschlossene Tür an Annas Ohr dringt. Unwillig tritt sie im Bademantel auf den Flur hinaus. „Wer sagt das?"

„Finn!"

„Warum?"

„Keine Ahnung. Ich soll es dir bloß ausrichten, und du möchtest ihn bitte nicht so lange warten lassen, weil er auch Feierabend haben will."

„Hätte er sich ja eher überlegen können", murmelt sie und geht wieder in ihr Zimmer, um wenigstens noch schnell die Haare zu föhnen. Dann schlüpft sie, ohne sich mit Unterwäsche aufzuhalten, in einen Jogginganzug und läuft in ihren Flip-Flops über den Hof, während die anderen es sich schon im Aufenthaltsraum gemütlich machen. Am Nachmittag hat es ein Gewitter gegeben, und nun ist es zu kühl, um den Abend im Garten zu verbringen.

Als sie durch die kleine Seitentür in die Scheune schlüpft, ist es still. Suchend sieht sie sich um und entdeckt Max, der mit den Händen auf dem Rücken scheinbar gelangweilt an der Wand lehnt.

„Hey! Was machst du noch hier? Wo ist Finn?"

Max zieht die Augenbrauen hoch. „So, du bist also mit Finn verabredet."

„Wie bitte?"

Er räuspert sich und kreuzt lässig die Füße übereinander. „Ich weiß nicht, ob ich es so gut finde, dass du dich nach Feierabend hier heimlich mit einem anderen triffst."

Sein Blick ist durchdringend und seine Stimme klirrt vor dominanter Kälte. Sofort reagiert ihr Körper, aber ihr Verstand wehrt sich. „Was soll das? Spinnst du? Doch nicht hier, das ist …"

In diesem Moment klickt es hinter ihr. Sie zuckt herum. Finn hat die Tür abgeschlossen und schlendert in ihre Richtung. Er grinst. „Hi Anna."

„Hi", antwortet sie ganz automatisch. Panisch wechselt ihr Blick zwischen Max und Finn hin und her. Max wird doch nicht … vor Finn … das kann er nicht. Das …

„Komm zu mir, Mäuschen. Du hast dir für die heimliche Verabredung mit Finn eine Strafe verdient." Er zieht eine Hand nach vorn. Es klimpert leise und ein paar Handschellen pendeln fröhlich vor seinem Körper hin und her.

Sie schluckt. „Max, hör auf, das ist nicht …"

Finn zwinkert, lehnt sich, mit dem rechten Unterarm über seinem Kopf, an einen der dicken kantigen Balken im Raum, während er die linke Hand lässig in die Taille stützt.

„Keine Angst, Anna, ich schweige wie ein Grab und lasse euch allein, wenn's für dich schmerzhaft wird. Du kannst ganz entspannt die kleine Überraschung genießen, die Max für dich geplant hat, obwohl …", er betrachtet in aller Ruhe ihren Körper von unten nach oben, „… es wäre kein zu verachtender Anblick."

Anna schluckt. Max' Blick ruht ohne Unterbrechung auf ihr. Okay, Finn ist inzwischen ein Freund. Trotzdem. Verdammt! Er hätte ihm trotzdem nichts von ihren Neigungen erzählen dürfen. Das ist Privatsphäre. Wer weiß, was Finn jetzt von ihr denkt. Wer sich nicht selbst mit BDSM beschäftigt, hat oft genug kein Verständnis, vor allem nicht für ihre Neigung, die devote, masochistische. Sie öffnet entschlossen den Mund, um ihr Safeword zu sagen.

„Anna, sieh mich an", fordert Finn plötzlich streng.

Ihr Blick zuckt zu ihm.

Er nickt einmal knapp, wie zum Zeichen, dass er sie versteht. „Das Wissen über deine Neigungen ist bei mir gut aufgehoben, kleine Sub. Okay?", sagt er ruhig.

Sie runzelt ungläubig die Stirn. „Du bist auch … Ich meine, du machst auch …?"

Statt einer Antwort zwinkert er ihr zu.

„Ach du Scheiße", rutscht ihr heraus.

Finn zieht eine Augenbraue hoch, und Max' Mundwinkel zucken verräterisch, doch dieses kurze Aufleben von Heiterkeit ist schnell vorbei. „Schluss jetzt, Anna. Hierher. Sofort. Du willst nicht, dass ich dich hole, glaub es mir."

Fuck. Seine Drohung lässt ihre Hormone Tango tanzen. Ihre Knie werden weich und ihre Brustwarzen hart. Safeword? Scheiß auf das Safeword.

Langsam geht sie auf ihn zu und will vor ihm auf die Knie sinken.

„Halt", stoppt er sie. „Umdrehen und Hände auf den Rücken."

Sie gehorcht, und Finn tritt so dicht an sie heran, dass sie ihre Stirn an seine Brust legen könnte. Seine Hände umgreifen deutlich, aber nicht schmerzhaft, ihre Schultern, während Max ihr die Handschellen anlegt. Sich in die Gewalt der beiden Männer zu begeben, macht sie jetzt unglaublich an. Sie starrt auf Finns weißes T-Shirt. Ihr Herzschlag dröhnt in ihrem Brustkorb wie ein Hammer auf Beton und ihr Mund ist trocken wie die Wüste. Dann wird es dunkel. Max legt ihr eine Augenbinde an. Unwillkürlich kribbelt die Haut an ihrem ganzen Körper. Sie fühlt die Blicke der Männer auf sich, als wäre sie nackt.

Bevor sie die Wahrnehmung richtig verarbeitet hat, wird ihr plötzlich mit einem Ruck die Hose runtergezogen, und sie will reflexartig weg, doch Finn hält sie. „Sch … Schön brav sein, Anna."

„Na, was ist denn das?", fragt Max süffisant. „Du gehst ohne Slip zu einer heimlichen Verabredung mit Finn? Ts, ts, ts! Ich fürchte, dieser Umstand wird die von mir zugedachte Behandlung deiner hübschen Rückseite um einige Schmerzstufen erhöhen."

Während kühle Luft auf ihren Venushügel trifft, fühlt Anna, wie ihr Gesicht glühend heiß wird. Ihre Oberschenkel und Gesäßmuskeln spannen sich an und beben. Max lacht hinter ihr. „Dumme Idee, Schätzchen. Beine breit. Sofort."

Sie konzentriert sich und stellt die Füße so weit auseinander, wie es trotz der in den Knien hängenden Hose geht. Eine Hand greift in ihre Mitte. Sie wimmert kurz, hält die Luft an, dann wird ihr klar, dass es Max sein muss, weil die Berührung von hinten kommt, und sie atmet zitternd weiter. Er zupft an ihren Schamlippen und streicht sanft durch ihre cremige Nässe. Die gemein zärtliche Stimulation steigert ihre Erregung bis kurz vor einen Orgasmus, was sie leider nicht verbergen kann. Der Druck in ihrem Inneren baut sich auf, dieses typische Ziehen, als würden alle Nerven ihren Ursprung im Zentrum ihrer Lust haben. Ihre Knie zittern. In ihrer Klit pulsiert es heftiger, sie presst die Lippen zusammen, um nicht um mehr zu betteln, und würde schwanken, wenn Finn sie nicht stützte.

„Dem kleinen versauten Mäuschen gefällt es, dass wir zu zweit sind", amüsiert sich Max. „Das sollten wir uns für spätere Gelegenheiten merken."

Unwillkürlich macht Anna eine Abwehrbewegung, doch die Männer lachen nur. „Ihr Ärsche", flucht sie zischend.

„Na, na, wer wird denn da unhöflich? Dein Körper hat dich längst verraten, Süße." Max kneift in ihre Klit und sie schreit erschrocken auf.

Wieder fröhliches Gelächter.

„Ich werde sie ein wenig beschäftigen, damit es ihr während der Fahrt nicht langweilig wird", beschließt Max.

Anna fühlt, wie er einen dünnen Riemen um ihren Bauch befestigt. Eine Schnur führt wie bei einem Tanga durch ihre Pospalte. Stoff streift ihre Oberschenkel. Es ist ein Tanga. Max greift zwischen ihre Beine und zieht das Unterteil nach vorn oben, wo er es befestigt. Dann schiebt er etwas in das Höschen. Es ist ein rundlich-länglicher harter Gegenstand. Er positioniert ihn sorgfältig genau so, dass er vorn gegen ihre Klit und hinten zwischen ihren Schamlippen an den Eingang der Vagina drückt, als wäre es ein Schwanz, der eindringen will, aber vor den kleinen Schließmuskeln innehält. In Annas Unterleib zucken die Muskeln. Sie beißt sich auf die Lippe, um nicht zu stöhnen.

„Lass das!", fährt Finn sie an, und sie öffnet reflexartig den Mund, bevor Blut fließt.

„Weißt du, was das ist, Anna?", fragt Max.

„Ja", stöhnt sie.

Er lacht. „Natürlich sind dir Vibratoren vertraut. Aber dieses Teil ist ganz neu auf dem Markt. Es ist hypermodern, man kann es mit dem Handy steuern. So was Feines kennst du noch nicht, stimmt's?"

„Nein", jammert sie.

„Mal sehen, ob es dir gefällt. Ich öffne die App. Einen Moment."

Er legt locker eine Hand an ihre Kehle und drückt ihren Kopf zurück gegen sein Schlüsselbein. Seine Wange liegt an ihrer Schläfe, während er, den Geräuschen nach zu urteilen, mit seinem Handy herumspielt. Eine Minute später setzt leises Brummen ein und ihre Klitoris wird sanft stimuliert. Sie seufzt. Ihre Bauchmuskeln beben, ohne dass sie es verhindern kann. Max lässt sie los, und sie krümmt sich leicht nach vorn, doch Finn hält sie gleich wieder in Position.

„Sehr schön. Es funktioniert genauso, wie ich es mir vorgestellt habe", lobt Max und tätschelt Annas Po. „Ich muss nicht erwähnen, dass dir kein Orgasmus erlaubt ist, Mäuschen, oder?" Gemächlich zieht er ihr die Hose hoch. „Solltest du es wagen, zu kommen, wird deine Strafe auf ein selbst für eine Masochistin wie dich grenzwertiges Maß ansteigen. Alles klar?"

„Ich hasse dich", zischt sie. Umgehend schaltet er den Vibrator um gefühlte fünfzig Stufen höher und sie schreit auf. „Bitte!"

„Entschuldige dich."

„Entschuldige bitte."

„Ich hatte dich etwas gefragt."

„Ja", stöhnt sie, „ja, ich habe verstanden."

Er schaltet das Gerät wieder auf die niedrigere Stufe und Anna atmet erleichtert auf.

„Okay, dann können wir los", beschließt er.

Finns Hände verschwinden, und Max fasst sie an den Oberarmen, um sie vor sich her zu schieben.

Sie gehen langsam ein Stück geradeaus, dann hört Anna das Türschloss klicken und ihr Magen verknotet sich. Wenn sie draußen jemand sieht! Was denken die anderen? Oh nein!

„Wartet", sagt Finn und sie bleiben stehen. Das Klappen einer Autotür ist zu hören. „Alles klar, bring sie raus."

Erleichtert kapiert sie, dass die Männer umsichtig genug sind, auf Diskretion zu achten.

Minuten später sitzt sie auf der Rückbank eines Wagens und sie fahren los. Jetzt drückt das Sextoy noch fester gegen ihre Klit, und Anna muss sich konzentrieren, um sich gegen die immer aufdringlicher aufsteigenden Wellen eines Orgasmus zu wehren. Sie kneift die Knie zusammen, was jedoch eher den gegenteiligen Effekt hat. Vorsichtig versucht sie, in eine etwas angenehmere Position zu rutschen. Das ist allerdings mit auf dem Rücken gefesselten Händen nicht unbedingt leicht.

Die beiden Männer sitzen vorn und unterhalten sich leise. Das Radio geht an.

„Beug dich mal zu mir vor, Anna", fordert Max sie auf, als sie bereits eine Weile unterwegs sind.

Sie gehorcht, stimuliert dadurch wieder mehr ihre Klit und beißt die Zähne zusammen, um dem Orgasmus zu entgehen.

Max zieht den Reißverschluss ihrer Jacke halb runter und stößt einen anerkennenden Pfiff aus. „Oben ist sie auch nackt, Finn. Sie wollte dir bei eurem Date leichten Zugriff gewähren."

Anna hört Finn lachen. „Wie schade, dass ich mich gerade aufs Fahren konzentrieren muss."

„Tja, Anna", seufzt Max, „du solltest eine reelle Chance bekommen, aber so viel Frechheit erfordert andere Maßnahmen. Mal sehen, wie viele Stufen du aushältst. Denk dran, Mäuschen, Orgasmusverbot."

Er pfeift fröhlich die Radiomusik mit, was Anna allerdings ziemlich egal ist, weil sich das Vibrieren in ihrem Höschen deutlich verstärkt. Ihr Oberkörper drückt sich nach hinten gegen die Rückbank, sie stemmt sich mit den Füßen hoch, in dem verzweifelten Versuch, die Stimulation zu verringern, wenn sie nicht mehr sitzt, aber das nützt alles nichts.

„Sie gibt sich wirklich Mühe", hört sie Max sagen, dann reguliert er den Vibrator gnadenlos weiter nach oben und sie wimmert auf. „Nein! Bitte!"

„Doch, Anna, Strafe muss ein", sagt er lässig und schaltet das Gerät noch höher.

Anna hat keine Chance, seine dominante Stimme in Kombination mit dem harten Rubbeln auf ihrer Klit lassen heiße Blitze durch ihre längst überreizten Nervenleitungen sausen und alle Dämme brechen. Der Höhepunkt ergreift ihren ganzen Körper. Sie schüttelt sich, bäumt sich auf und heult zwischen fest zusammengebissenen Zähnen hindurch auf.

Der Reiz hört nicht auf, der Mistkerl schaltet das Gerät nicht runter. Haltlos windet sie sich auf der blöden Autobank und ihre Nervenenden betteln um Gnade.

Endlich bequemt er sich dazu, die Vibrationen wieder hinunter zu regulieren. Japsend legt Anna den Kopf zurück und versucht, jede Bewegung ihres Unterleibes zu unterdrücken, um weitere Reize zu vermeiden.

Der Motor des Autos stirbt und Max schaltet auch das Gerät zwischen ihren Beinen aus. Anna hört ihre eigene keuchende Atmung. Eine Weile passiert nichts. Anscheinend betrachten die Männer sie in ihrem Leiden. Ihr ist es egal. Sie ist fix und fertig.

„Geht's wieder, Anna? Kannst du laufen?", fragt Finn und sie nickt ergeben. Die Türen klappen. Jemand beugt sich über sie und schließt den Reißverschluss ihres Oberteils.

„Na komm, Mäuschen", sagt Max, und sie ist froh, dass er es ist, der sie anfasst. Er hilft ihr beim Aussteigen und führt sie ein Stück geradeaus, dann über weichen Boden, wahrscheinlich Rasen, um eine Ecke und eine Treppe nach unten. Eine Tür wird aufgeschlossen und sie treten auf Beton oder Fliesen.

„Ein Keller", denkt Anna und ihr Herz klopft lauter. Was haben die Männer vor? Wo sind sie?

Wieder eine Tür. Unter ihren Füßen wird es weich. Teppichboden. Max führt sie noch ein Stück weiter auf eine Matte. Ja, es fühlt sich an wie die Trainingsmatte auf dem Hof.

Sie hört die Männer irgendwo hinten flüstern. Schritte nähern sich.

„Viel Spaß, Anna, bis später", raunt Finn und streicht sanft mit den Fingerspitzen über ihre Wange. Dann entfernt er sich und die Tür klappt.

Stille. Unsicher bewegt sie den Kopf. Ist Max mit hinausgegangen?

Eine gefühlte Ewigkeit vergeht. „Max?", wispert sie ängstlich. Nichts. Irgendwann hält sie es nicht mehr aus, dreht sich, geht einen Schritt.

„Stopp! Wer hat dir erlaubt, dich zu bewegen?", motzt er sie an.

Anna zuckt zusammen, atmet aber erleichtert aus. Er ist da. Er hat sie nicht allein gelassen.

„Entschuldigung", flüstert sie.

Er löst die Handschellen und zieht ihr das Tuch von den Augen. Es ist sehr hell, und sie muss einen Moment blinzeln, bevor sie ihre Umgebung wahrnehmen kann. Sie steht in einem Lichtkegel. Ein Scheinwerfer von oben ist direkt auf ihren Körper gerichtet. Dadurch sieht sie nicht viel vom Raum, kann kaum schätzen, wie groß er ist. Allmählich gewöhnen sich ihre Augen an die Lichtverhältnisse und sie erkennt ein beeindruckend massives Andreaskreuz aus dunklem Holz vor sich. Dicke Ketten hängen daran. An den Seiten nimmt sie schemenhaft weitere Einrichtungsgegenstände wahr, einen Strafbock, einen langen stabilen Tisch, eine Couch.

„Wo ..."

„Still! Zieh dich für mich aus. Langsam, mit ansprechenden Bewegungen, und pass auf, dass der Vibrator nicht herunterfällt. Du kannst deine Sachen da rechts ordentlich auf den Stuhl legen."

Max steht im Halbdunkel und beobachtet sie. Es macht ihn unglaublich heiß, wie ungehemmt sie zeigt, dass sie die Situation genießt. Mit aufreizenden, langsamen Bewegungen entblößt sie ihren Oberkörper und wendet sich ihm zu, damit er sie von vorn betrachten kann.

Dann schickt sie ihm freche Blicke und lässt die Hüften kreisen, während sie bedächtig erst die lange Hose und danach den Slip mit dem Toy auszieht.

„Dreh dich für mich, Anna. Hände über den Kopf."

Sie gehorcht und zeigt mit erotisch aufreizenden, wiegenden Schritten, wie sehr sie es genießt, sich ihm zu präsentieren.

Sein Schwanz zuckt in der engen Hose. Er entledigt sich seines T-Shirts, wirft es achtlos beiseite und tritt näher, um sie zu berühren. Genüsslich streicht er über die Rundungen ihres Körpers, legt seine Hände an ihre Brüste und zwirbelt sanft die Nippel. Sie stöhnt und schließt die Augen. Er geht wieder zurück und sie seufzt sehnsüchtig.

Sie ist so schön. Ihr sportlicher Körper wird sich unter den Schlägen winden und die Spuren der Schlaginstrumente werden ihren Po zieren. Er freut sich jetzt schon darauf, sie am Morgen zu inspizieren und erneut zu reizen, während er sie in seinem Bett vögelt.

„Auf die Knie, Anna", fordert er freundlich und sie sinkt fast andächtig auf den Boden. Er tritt vor sie.

„Sieh mich an."

Sie hebt den Kopf. Ihre Blicke treffen sich. Er liest in ihrer Mimik nichts anderes als Liebe und Hingabe. Lächelnd beugt er sich hinab und küsst sanft ihre Lippen. „Ich werde dir heute sehr wehtun, Anna."

„Ja", flüstert sie und ihre Atmung beschleunigt sich.

„Ich werde dir hübsche Striemen verpassen und den Anblick sehr genießen. Ich will heute alles von dir, Anna."

Sie atmet schneller, ein deutliches Schaudern läuft durch ihren Körper. Wieder haucht sie ihm ohne Zögern ein „Ja" entgegen.

Er fasst in ihre Haare und zwingt ihren Kopf in den Nacken, presst seine Lippen auf ihre und dringt mit der Zunge fordernd in ihren Mund. Sie lässt ihn hingebungsvoll gewähren und lächelt, als er sich von ihr löst.

„Ich …", sie zögert und senkt verschämt die Augen. „Darf ich um etwas bitten?", haucht sie mit einem verführerischen Wimpernschlag.

Fuck! Wer kann da Nein sagen? Er schmunzelt. „Du untergräbst meine Autorität, Sklavin. Ausnahmsweise ja."

Ihre Augen blitzen. „Ich möchte dich verwöhnen. Bitte."

Er lächelt. „Glaub ja nicht, dass du mich so von deiner Strafe ablenken kannst."

„Das würde ich mir nie anmaßen", flüstert sie, richtet sich etwas auf und fasst an seine Jeans, um den Knopf zu öffnen. Sie zieht den Reißverschluss auf und schüttelt gespielt entsetzt den Kopf, als ihr sein Schwanz entgegenfedert.

„Kein Slip … ts,ts, ts … Das gehört sich aber nicht."

Er wirft den Kopf in den Nacken und lacht. „Mäuschen, Mäuschen, ich möchte heute nicht in deiner Haut stecken, du hast dein Strafmaß soeben um gute zehn Hiebe auf die Oberschenkel erhöht."

Ihre Wangen färben sich rot und ihre geöffneten Lippen beben.

„Zieh mich ganz aus", fordert er gleichmütig und stützt sich auf ihren Schultern ab, während er einzeln die Füße hebt, damit sie ihm Schuhe und Hose ausziehen kann.

Ihre Hände streichen zärtlich an seinen Beinen entlang nach oben, über die Pobacken und nach vorn auf den Bauch. Sie betrachtet seinen Schwanz, was ihn noch härter macht. Fuck. Mit einer Hand umfasst sie ihn, die andere nimmt sanft seine Hoden, ihr

Mund nähert sich und sie küsst die Schwanzspitze. Ihre Zunge umkreist seine Eichel, bevor sie darüberleckt, dann nimmt sie ihn in den Mund und verharrt, während sie sanft seine Hoden knetet. Er zieht scharf die Luft durch die Zähne.

„Du kleines freches Miststück willst mich foltern", knurrt er und senkt den Kopf, um in ihr Gesicht zu sehen. Sie schließt die Augen, aber er könnte schwören, dass er noch gerade so ein spöttisches Funkeln wahrgenommen hat.

Sie gibt ihm keine Zeit, darüber nachzudenken, denn nun küsst sie sich hingebungsvoll seinen Schaft entlang nach oben, zupft mit den Lippen an der weichen Haut und umfasst ihn an der Wurzel, nun deutlich fester, während sie die Eichel wieder in ihren Mund gleiten lässt.

Seine Hände legen sich um ihr Gesicht, und er stöhnt, während sie beginnt, sanft zu saugen und ihn tiefer in sich aufzunehmen. Eine Weile hält er still, dann kann er sich nicht mehr beherrschen, reflexartig kontrahieren seine Muskeln und er stößt in ihren Mund. Ganz selbstverständlich öffnet sie sich weiter und schluckt hingebungsvoll, als er sich tief in sie hineindrängt. Fuck. Das Angebot ist zu verführerisch, um sich zurückzuhalten. Er beginnt, ihren Mund nach allen Regeln der Kunst zu vögeln. Sie wehrt sich nicht, im Gegenteil, sie legt den Kopf noch weiter in den Nacken und atmet geräuschvoll durch die Nase. Ihre Hände umfassen seine Oberschenkel, halten sich fest, aber sie bleibt ganz weich und anschmiegsam. Ihre Hingabe lässt seine Hormone Achterbahn fahren. Er stößt gröber, tiefer und härter zu, einmal muss sie kurz würgen, hat sich jedoch sofort wieder in der Gewalt, stöhnt leise und drängt sich ihm entgegen, als wollte sie ihn ermutigen, alle Hemmungen aufzugeben, was er auch macht. Er fickt ihre Mundhöhle, spürt nach wenigen Stößen bis in die Zehenspitzen, wie sich seine Adern zusammenziehen, und lässt mit einem tiefen Stöhnen los. Sein Samen spritzt in ihre Kehle, und sie schluckt willig und konzentriert, bis die Zuckungen aufhören und sein Penis beginnt, zu erschlaffen.

Sie behält ihn in ihrem Mund, bis Max sich zurückzieht. Sie sieht zu ihm auf.

Als er einen Schritt nach hinten geht, lässt sie die Arme fallen. Ihr Po sinkt auf ihre Unterschenkel. Sie legt die Hände auf ihre Oberschenkel und senkt ergeben den Kopf.

Er streicht über ihre Haare und schlendert an den Rand des Raumes, um den Kühlschrank zu suchen, von dem Finn gesprochen hat. In der Ecke entdeckt er ihn. Mit einer Flasche Mineralwasser kehrt er zurück, trinkt ausgiebig und hockt sich neben sie. „Hier, Anna, nicht dass du mir gleich zu früh schlappmachst."

Gehorsam hebt sie den Kopf. Er hält ihr die Flasche an den Mund, und sie greift über seinen Händen mit ihren beiden selber zu, wie ein Kind, das lernt, mit Geschirr umzugehen. Gierig schluckt sie und leckt sich anschließend über die Lippen.

Er stellt die Flasche auf ein kleines Tischchen neben die Couch und betrachtet Anna von allen Seiten. Der Anblick ist so umwerfend geil, dass er bereits beginnt, wieder hart zu werden.

„Ich will dich am Kreuz, Anna. Steh auf."

Sie gehorcht, ohne zu zögern, und tritt nah an das beeindruckend große Andreaskreuz aus dunklem

Holz. Beim Anblick der massiven Ketten und Metallringe an den Enden klopft ihr Herz schneller und in ihrem Unterleib kribbelt es. *Ich will heute alles von dir,* hat er gesagt, und sie weiß, was das bedeutet, denn sie haben ehrlich und ausführlich über ihre Vorlieben gesprochen. Angst vor dem Schmerz und Sehnsucht nach diesem unvergleichlichen Erlebnis der totalen Kapitulation von Geist und Körper gehen Hand in Hand. Die Sehnsucht danach überwiegt und sie vertraut Max. Er wird sie an ihre Grenzen und darüber hinaus treiben, ohne ihr mehr zuzumuten, als sie ertragen kann. Und er wird sie auffangen und sicher wieder in die Realität zurückbegleiten.

Er tritt an sie heran. „Gib mir deine Hände."

Gehorsam hebt sie die Arme. Ihre Finger zittern, als er weich gepolsterte breite Manschetten um ihre Handgelenke befestigt.

Er platziert seine Hand zwischen ihre Schulterblätter und schiebt sie dicht an das Kreuz. Er muss sie nicht auffordern. Ergeben lässt sie zu, dass er die Manschetten an den eisernen Ringen befestigt.

Er bückt sich und legt auch an den Fußgelenken Lederfesseln an. Als er sich wieder erhebt, ist ihr Körper gespreizt fixiert. Sie wird keinem der ihr zugedachten Schläge auch nur um Zentimeter ausweichen können.

Er kämmt mit den Fingern ihre Haare zurück und küsst ihren Hals genau da, wo der Puls wild pocht.

„Hast du Angst?"

„Ja", haucht sie.

„Das ist sehr schön. So mag ich das. Du kannst dich gehen lassen. Schrei, so laut du willst, wir befinden uns hier in einem absolut sicheren Bereich."

Ein Zittern läuft durch ihren Körper. Seine Hände streicheln über ihren Rücken und ihre Pobacken.

„Wie lautet dein Safeword?"

„Rosenrot", flüstert sie.

Er nickt zufrieden. „Ich beginne mit einem Paddel und wechsel später zu einer flexiblen Gerte, meinem Lieblingsschlaginstrument. Für den Orgasmus im Auto gibt's dann als Zugabe die Peitsche. Damit solltest du genug haben, kleine Maus."

Seine Worte lassen das Zentrum ihrer Lust kochen. Angst und pochende Hitze bilden ein explosives Gemisch, Hormonausschüttungen sorgen für ein Höchstmaß an Empfindlichkeit und Wahrnehmung. Das Wissen, ausgeliefert zu sein, keine Wahl zu haben, erhöht den Reiz um ein Vielfaches. Anna kennt dieses Gefühl, und sie ist süchtig danach, doch heute, heute ist alles noch viel intensiver als jemals zuvor, weil sie es mit Max erlebt.

Sie empfindet euphorische Glücksgefühle, sich ihm auszuliefern, ihm ihren Körper zur freien Verfügung zu schenken, ihm durch ihre Hingabe ihr Vertrauen zu beweisen.

Als ob er ihre Gedanken lesen könnte, spürt sie genau in diesem Moment seine Finger an ihrem Kinn. Er dreht ihren Kopf, mustert ihr Gesicht und drückt seine Lippen für einen zärtlichen Kuss auf ihre.

Er presst sich an sie und sie nimmt seine Härte an ihrem Po wahr. Ein Schwall warmer Flüssigkeit quillt aus ihrer Vagina. Sie kann ein Stöhnen nicht unterdrücken, während ihr Kopf in den Nacken fällt.

„Wenn jemals jemand zweifelt, ob eine masochistische Frau während ihrer Qualen Lust empfindet, sollte er dich jetzt sehen", sagt Max rau und küsst erneut ihre bebenden Lippen. „Ich werde es sehr genießen, dich zu quälen."

Ein Beben durchläuft ihren Körper. Max tritt zurück und es ist still.

Die Angst nimmt mehr Raum ein. Er soll endlich anfangen, verdammt. Die Nerven ihrer Haut sind in Erwartung der Schläge bis aufs Äußerste gereizt. Es kribbelt überall.

Dann hört sie wieder Schritte und ein klatschendes Geräusch. Er schlägt sich selber in die Hand, um die Intensität des Werkzeugs zu prüfen und ihre Angst noch etwas zu steigern. Der Mistkerl weiß ganz genau, wie er sie am effektivsten quält.

Die ersten Schläge sind fast spielerisch. Es klatscht, zieht ein bisschen und kribbelt hinterher. Er trifft erst ihren Po, dann noch sanfter ihren Rücken und ihre Oberschenkel. Anna heißt den leichten Schmerz wie einen guten Freund willkommen. Ihre Muskeln entspannen, sie lässt sich gehen, genießt die Reize, die ihre Erregung sofort weiter wachsen lassen. Allmählich steigert Max die Intensität, und sie zuckt mehrmals, soweit es die strammen Fesseln zulassen.

Wieder eine Pause. Er tritt näher heran und fasst zwischen ihre Beine. „So nass und gierig, Süße? Schämst du dich gar nicht?"

Sie wimmert auf und möchte sich seiner Hand entgegenrecken. Doch er zieht sich bereits zurück. „Bist du schon oft mit der Gerte geschlagen worden, Anna?"

„Ja", wispert sie und ihr Herz klopft schneller. Jetzt wird es ernst, jetzt kommt die Phase, in der ihr Körper sich wehrt, denn die Schläge werden keine reizende Spielerei mehr sein. Zitternd atmet sie ein und wartet angespannt auf den ersten fiesen Schlag.

Statt der Gerte fühlt sie seine warme Hand auf ihrem Rücken. „Nicht doch, Anna, dir muss ich nicht beibringen, wie du dem Schmerz begegnen musst, oder?"

„Nein", seufzt sie und will locker lassen.

Ihr Körper weigert sich. Max küsst ihren Hals. „Mir auch recht, Süße, du steigerst nur mein Vergnügen, wenn du dich wehrst. Es wird mir eine Freude sein, deinen Widerstand zu brechen."

Seine Worte lösten fast einen Orgasmus in ihr aus. Jede Silbe lässt ihre Nerven vibrieren, als ob er direkt ihren G-Punkt stimulieren würde. Sie stöhnt laut, sehnt sich nach seiner Berührung, doch er tritt zurück.

Die Gerte zischt durch die Luft und trifft ihre rechte Pobacke mit voller Wucht. Anna bäumt sich auf und beißt die Zähne zusammen. Sie will nicht schreien, sie will ihm ihre Stärke beweisen und still ertragen, was auch immer er ihr antun wird. Da kommt der nächste Hieb, diesmal auf die linke Seite. Der Mistkerl lässt ihr keine Chance, schon nach wenigen dieser heftigen Schläge verlässt sie jede Selbstbeherrschung. Sie schreit, jammert, windet sich und Tränen laufen über ihre Wangen. Schnell brennt ihr Po, als ob sie auf einer heißen Herdplatte sitzen würde. Nun schlägt er auf ihren oberen Rücken und dann auf die Rückseiten ihrer Oberschenkel. Das Brennen wird zur Tortur, und plötzlich packt sie die Wut, er macht immer weiter, der gefühllose Mistkerl gönnt ihr keine Pause, hat kein Erbarmen. Sie flucht und schreit ihren Zorn heraus, bis es in Verzweiflung übergeht, sie jammert und um Gnade bettelt.

Er hört auf, tritt wieder nah an sie heran. „Sehr schön, Mäuschen, so gefällst du mir schon besser.

Wollen wir doch mal fühlen, ob du für mich feuchter geworden bist", teilt er ihr freundlich mit und fasst erneut zwischen ihre Beine. „Wow, Süße, du bist wirklich ein kleines geiles Luder. Lässt sich das weiter steigern? Was meinst du?"

„Ich hasse dich", flüstert sie. Ihre Rückseite brennt, ihre Muskeln leiden unter der gestreckten Fixierung, und sie will nichts lieber, als frei sein, sich auf ihn stürzen und ihn mit den Fäusten traktieren.

Er lacht. „Gib auf, Anna. Jetzt kommt die Peitsche. Ich halte meine Versprechen, also wehre dich nicht länger, umso eher kannst du es genießen."

Er tritt zurück und sie hört das Zischen des Peitschenriemens in der Luft.

„Lass los, Anna", fordert er. „Lass es geschehen. Du hast keine Chance gegen mich."

Seine Worte verfehlen ihre Wirkung nicht. Die ersten Wellen der Resignation unterspülen ihren Verstand und steigern ihre Erregung, so widersinnig sich dies auch anhören mag. Sie kann nicht mehr kämpfen und er kennt keine Gnade.

Der erste Schlag trifft ihren Po. Er hat so fest zugeschlagen, dass sie das fiese Brennen bis in die Fingerspitzen fühlt. Sie schreit auf, es folgen weitere Hiebe in ruhigem, gleichmäßigem Rhythmus, auf ihren Rücken, ihre Schultern, die Oberschenkel. Die Wellen von Schmerz und Erregung in ihren Nervenbahnen werden größer, gewaltiger und reißen sie mit in den Ozean. Und endlich ist nur noch Stille, Weichheit, Hingabe und Schweben. Alles geschieht durch einen dichten Nebel, verlangsamt sich, wird still und trotzdem unwirklich intensiv. Weiche Hände streichen über die heiße Haut. Ihr Kopf sackt zurück, landet an einem starken Körper. Ihre Hände fallen herab, sie wird getragen.

„Stell die Füße auf, ich halte dich", befiehlt die Stimme, der sie ihr Leben anvertraut, und automatisch gehorchen ihre Beine, sie wird nach vorn gedrückt und landet mit dem Oberkörper auf einer harten Platte. Rüde drängt er ihre Füße auseinander, packt ihre Hände und zieht sie auf den Rücken. Es klickt, sie ist wieder gefesselt. Egal, alles egal. Warmes Fleisch presst sich gegen ihren brennenden Po und sie fällt noch tiefer in diese weiche Schwerelosigkeit. Sie fühlt überdeutlich den steifen Penis an ihrem Eingang, der sich fest in sie hineindrängt, das Gefühl ist nach den Schlägen so intensiv, dass sie sich ihm wimmernd entgegendrängt, damit er bloß weitermacht.

Eine kräftige Hand hält ihren Körper auf der Platte, eine andere stützt sie an der Hüfte, und ihr Körper nimmt immer wieder seine Härte in sich auf, fühlt mit jeder einzelnen Nervenzelle die Erregung, das Anstauen der Energie und schließlich das Loslassen, das Explodieren im Orgasmus, das ihren Körper in tausend einzelne Teile zerspringen lässt.

Max schreit auf, als er mit ihr zusammen kommt. Noch nie hat er eine Session und die Hingabe einer Frau so intensiv erlebt wie an diesem Abend. Einen Moment lang überfällt ihn Angst, sie doch überfordert zu haben, denn sie liegt völlig passiv unter ihm, aber als er ihre Haare zur Seite zieht, um ihr Gesicht zu sehen und ihr einen Kuss auf die Wange zu geben, verziehen sich ihre Lippen zu einem glücklichen Seufzer.

Ihre Augen sind geschlossen und ihr Gesicht ist vollkommen entspannt. Vorsichtig zieht er sich aus ihr zurück. „Liegen bleiben, Maus, ich hole dich gleich, okay?", raunt er an ihrem Ohr und sie stöhnt. „Mmh."

Lächelnd entsorgt er schnell das Kondom und kehrt zu ihr zurück, um ihre Fesseln zu lösen. Finn hat ihm Laken und Handtücher aus einem Schrank neben die Couch gelegt. Er greift sich ein Laken und breitet es auf dem Polster aus. Dann fasst er Anna an den Oberarmen und zieht sie sanft hoch. „Komm, Süße, zwei Schritte nur, du kannst gleich liegen."

Sie stöhnt leise, lässt sich hochziehen und lehnt sich vertrauensvoll zurück an seine Brust, dreht den Kopf und presst das Gesicht in seine Halsbeuge. Ja, es ist alles in Ordnung. Jetzt ist er ganz sicher.

Sanft drückt er sie auf die Couch, und sie wimmert auf, als ihre lädierte Rückseite das Laken berührt. Er wickelt sie ein und setzt sich zu ihr, um sie in seine Arme zu ziehen. Ihr Kopf lehnt an seiner Brust.

„Hey Anna, Maus, wie geht's dir?"

„Ich bin zerflossen", murmelt sie, „wie Pudding."

„Schokolade oder Vanille?"

„Mmh?"

Er schmunzelt. „Komm erst mal zu dir. Du bist wunderbar, Anna. Ich liebe dich, hörst du? Ich liebe dich mehr als mein Leben."

„Ich liebe dich auch, und ich bin froh, dass du so ein sturer Sack bist", nuschelt sie an seiner Brust. Sie leckt sich über die Lippen. „Durst."

Er greift nach der Flasche neben der Couch, gießt etwas Wasser in ein Glas und hält es an ihren Mund. „Trink, aber langsam."

Diesmal versucht sie gar nicht erst, ihm das Glas abzunehmen, sondern bleibt völlig entspannt liegen und trinkt in kleinen Schlucken.

Versonnen betrachtet er sie. Manchmal hat er darüber nachgedacht, dass er diesen Zustand auch mal fühlen will. Er ist kein Masochist, ganz und gar nicht, aber dieses Schweben, irgendwo zwischen Realität und Traum, muss irre sein. Vielleicht bittet er Anna mal darum, ihm dieses Erlebnis zu ermöglichen. Ob sie es tun würde?

„Hey Mäuschen, hast du schon mal einen Mann dominiert?"

„Was?"

Er lacht. „Hast du?"

„Nee."

„Willst du mal?"

„Keine Ahnung." Sie schweigt einen langen Moment, dann zieht sich ihre Stirn kraus. „Das habe ich gerade geträumt, oder?"

„Nein." Er lacht. „Aber du musst jetzt nicht weiter darüber nachdenken."

Nach einer Weile kehrt ihr Verstand wieder in die Wirklichkeit zurück. Sie sieht zu ihm auf und lächelt. „Ich liebe dich, Max."

„Ich liebe dich auch, Anna." Er küsst ihre Nasenspitze und steht auf, um sich anzuziehen. Dann beugt er sich über sie. „Halt dich fest, Mäuschen, ich trage dich nach oben, dort wartet ein Glas Wein auf dich."

„Oben? Wo oben?"

„Lass dich überraschen."

Ein Ruck geht durch ihren Körper. „Ist das hier ein Club?"

„Nein." Ohne weitere Erklärungen steht er mit ihr im Arm auf und trägt sie hinaus, zwei Treppen hoch bis vor eine Wohnungstür.

Kapitel 6

Er klingelt und Anna macht sich steif. Verdammt, wo sind sie überhaupt? „Wer wohnt hier?"

Bevor Max antworten kann, öffnet sich die Tür. Finn grinst sie an. „Hereinspaziert."

Ist das seine Wohnung?

„Hallo, ihr beiden. Leg sie da rechts auf die Couch, Max", tönt es aus dem Wohnzimmer und ihr Herz setzt einen Schlag aus. Das ist Pascals Stimme. Oh nein! Wie peinlich! Aber wieso ... was?

Irritiert betrachtet sie den Raum. Es ist eine typisch männlich eingerichtete Dachwohnung mit vielen dunklen Balken, schrägen Wänden. Poster mit BDSM-Motiven hängen sehr dekorativ neben Accessoires wie Peitschen, Ketten und Handschellen. Nachdem Max sie auf einer breiten gemütlichen Couch runtergelassen hat, starrt sie fassungslos in Pascals Gesicht.

„Hi Anna!" Er grinst und sie schluckt. „Du auch? Ich meine ... verdammt ..."

Er zwinkert. „Ich auch. Benimm dich lieber, du bist mit drei dominanten Männern allein."

„Du gemeiner Hund, wieso hast du denn nichts gesagt, als ich ... oh Mann!"

Er lacht und strubbelt ihr durch die Haare. „Wie hättest du dich beim Lehrgang gefühlt, wenn ich es dir erzählt hätte?"

Sie runzelt die Stirn. „Wahrscheinlich etwas angespannt", gibt sie zu und er nickt.

„Siehst du, genau deshalb habe ich nichts gesagt. Und nun entspann dich."

Seufzend lehnt sie sich zurück. Auf einem Esstisch am Fenster steht ein Schachspiel. Anscheinend haben Finn und Pascal sich mit einer Partie die Zeit vertrieben.

„Wein?", fragt Pascal und hebt eine Flasche hoch.

Sie nickt. „Ja, gerne."

Max setzt sich zu ihr und zieht ihren Kopf auf seinen Schoß. Sie trinken spanischen Rotwein, Pascal schaltet angenehme Musik ein und Anna entspannt sich total. Ihr Blick gleitet durch den Raum, während die Männer sich leise unterhalten. Sie fühlt sich so sicher, so gut aufgehoben, so angenommen hier in dieser Wohnung mit den SM-Bildern an den Wänden und den drei großen, muskelbepackten dominanten Machos um sie herum. Plötzlich steigen Tränen in ihre Augen, und sie schnieft.

„Hey, was ist los?", fragt Finn besorgt und sie schüttelt den Kopf.

„Nichts, gar nichts, ich bin bloß nach einer Session immer etwas dünnhäutig und grad so glücklich. Sorry."

Verschämt versteckt sie das Gesicht an Max' Brust und die Männer lachen. Max streicht ihre Haare zurück. „Alles gut, Anna."

Sie dreht sich etwas und muss unwillkürlich stöhnen, weil die Striemen brennen.

„Brauchst du Kühlgel für dein Mädchen, Max?", fragt Pascal und Max nickt.

„Das wäre nicht schlecht. Hast du was da?"

„Natürlich." Er verschwindet kurz und bringt eine Tube Salbe.

Max steht auf. „Dreh dich um, Anna."

Ein elektrischer Blitz zuckt durch ihren Körper.

„Hier? Jetzt?"

„Ähm … ja."

„Aber …"

„Anna."

Verdammt. Die Männer grinsen, einer zufriedener als der andere, und Max' Mimik ist eindeutig. Oh Mann, sie ist erregt. O NEIN! SIE IST ERREGT!

„Bitte nicht", fleht sie, doch Max schüttelt nur schmunzelnd den Kopf.

„Ich würde dir dringend raten, jetzt gehorsam zu sein, liebstes Mäuschen."

Ihr Gesicht glüht vor Scham, aber sie traut sich nicht, sich zu wehren, und dann liegt sie nackt da und drei dominante Männer betrachten und kommentieren fachmännisch die Striemen auf ihrem Po.

„Bist du erregt, Anna?", fragt Max.

„Scheiße, ja", stöhnt sie und er küsst lachend ihren Nacken.

„Dein Glück, dass du gerade ehrlich warst." Sanft massiert er das Gel in ihre malträtierte Haut und deckt sie dann sorgfältig wieder zu.

„Es hat Spaß gemacht mit euch, ihr wart eine tolle Truppe. Einige sehe ich ja in drei Monaten wieder, den anderen viel Erfolg im Job, und vergesst nicht, was ihr gelernt habt. Gute Heimfahrt allen, und nun seht zu, dass ihr endlich verschwindet."

Alle Teilnehmer lachen und applaudieren. Pascal winkt ab und dreht sich um.

Es ist Freitag und der Kurs vorbei. Anna und Max verabschieden sich auf dem Hof von den anderen und die ersten verlassen das Grundstück. Pascal winkt Anna heran.

„Du meldest dich, wenn du Hilfe brauchst, und falls eure Frauentruppe vernünftig trainieren will und ein

Tipps braucht, kommt ihr einfach mal für ein paar Tage her, okay?"

Anna lächelt. „Das ist supernett von dir, Pascal, aber ich fürchte, wir haben nicht genügend Geld, um dich zu bezahlen."

„Habe ich was von Geld gesagt?", brummt er und ihre Augen werden groß.

„Aber das können wir doch nicht …"

„Papperlapapp. Wenn ihr Geld verdient, könnt ihr bezahlen, vorher nicht. Melde dich, falls ich nützlich sein kann. Versprich mir das. Sollte ich hören, dass du nicht gehorchst, lege ich dich höchstpersönlich übers Knie."

Anna kichert. „Was für eine Drohung."

Max kommt gerade heran und hat die letzten Sätze mitgehört. Er zupft an Annas Zopf und winkt mit der anderen Hand ab. „Genauso könntest du einem Kind sagen, falls du die Schule schwänzt, musst du zur Strafe Eis essen."

Pascal greift Anna spielerisch drohend an die Kehle. „Du meldest dich, klar?"

Sie nickt. „Ja." Plötzlich schwimmen Tränen in ihren Augen und sie fällt ihm um den Hals. „Danke für alles."

Er drückt sie fest und streicht ihr freundschaftlich über den Rücken, bevor er sich von ihr löst und sie anzwinkert. „Gern geschehen. Ihr habt ja auch was für mich getan."

Max grinst. „Läuft da was zwischen dir und der Hotelchefin?"

„Vielleicht", brummt Pascal und Max lacht.

„Ah ja."

Pascal nickt ihm zu. „Gut, dass du mit Anna fahren kannst."

„Ja. Ich hatte mir Montag und Dienstag sowieso Urlaub genommen, die Tage kann ich jetzt in Berlin verbringen und ihr helfen, sich einzurichten."

„Hast du was von deinem Mann gehört?", fragt Pascal mit Blick auf Anna.

Sie schüttelt den Kopf. „Das alte Handy habe ich zerstört und alle Kontakte abgebrochen. Nächste Woche nehme ich mir einen Anwalt und dann wird er von dem hören."

„Sei vorsichtig", mahnt er und sie nickt.

„Ich gehe kein Risiko ein. Ich weiß ja, wozu Christian fähig ist."

„Brauchst du Geld? Soll ich dir was leihen?"

„Nein. Danke. Du bist viel zu gut für diese Welt, Pascal." Sie drückt seine Hand. „Ich habe gespart. Mein Mann ist Millionär. Ich will in Zukunft nichts von seinem Geld, aber ich hatte oft genug Gelegenheit, teure Klamotten zu kaufen und heimlich wieder zu verscherbeln. Eine Weile komme ich aus, ich brauche ja nicht viel."

Sie schlendern zu ihren Autos. Max nimmt Anna fest in den Arm. „Wie soll ich die nächsten Stunden ohne dich bloß aushalten?"

Sie kichert. „Du fährst doch direkt hinter mir."

„Das ist aber verdammt weit auseinander."

Das Duschen hat nach der ganzen Schlepperei gutgetan, aber Muskelkater wird sie wohl trotzdem haben, denkt Anna, während sie mit nassen Haaren und nur im Bademantel ihr Zimmer in der Frauen-Wohngemeinschaft betritt.

Max liegt auf dem großen Bett, das sie am Nachmittag gemeinsam gekauft und aufgebaut haben. In der Ecke läuft ein Film in dem kleinen neuen Fernseher.

„Und? Gemütlich?", fragt sie mit Blick auf den Mann, den sie liebt.

„Perfekt. Ich habe dir schon mal ein paar Programme eingestellt."

Sie dreht sich Richtung Bildschirm. „Danke."

Er betrachtet sie von oben bis unten und grinst. „Komm mal her, du."

Sein Gesichtsausdruck lässt die Schmetterlinge in ihrem Bauch erwachen. Kichernd wirft sie sich neben ihn auf die Matratze.

Er drückt sie auf den Rücken und beugt sich über sie. Sie küssen sich zärtlich und sehen sich lange an.

„Kommst du ab morgen ohne mich klar?", fragt er ernst.

Anna fährt ihm mit beiden Händen durch die Haare. „Ja. Ich fühle mich sicher in der WG und durch all das, was ich von Pascal gelernt habe. Mach dir keine Gedanken. Es war klasse, dass du die zwei Tage noch hier sein konntest und mir geholfen hast, mich einzurichten."

Er nickt. „Und am Wochenende komme ich wieder."

„Ich kann auch nach Köln fahren."

„Ich möchte nicht, dass du allein auf der Strecke unterwegs bist, solange dein Mann dich noch erwischen kann."

Anna nickt und seufzt. „Du hast recht. Sobald er dahinterkommt, wo ich lebe, ist es gut möglich, dass er mich wieder beschatten lässt, um mich irgendwo abzufangen."

„Wann gehst du zum Anwalt?"

„Übermorgen früh. Maja kommt mit. Und danach haben wir gleich einen Termin mit einem Journalisten. Sobald meine Geschichte öffentlich ist, hat

Christian keine Chance mehr. Jeder würde ihn sofort verdächtigen, wenn ich verschwinde oder mir was passiert."

„Gut." Er küsst ihre Nasenspitze. „Dann bleibt nur noch eins, was ich unbedingt mit dir tun muss, bevor ich mich auf den Weg nach Köln mache."

Fragend hebt sie eine Augenbraue. „Und das wäre?"

„Etwas, wodurch du auch morgen ganz viel an mich denken wirst." In seinen Augen blitzt es, und seine Stimme bekommt diesen ganz besonderen dominanten Touch, der umgehend erregtes Pochen in ihrer Lustperle auslöst.

„Was willst du?", fragt sie atemlos flüsternd.

„Deinen Arsch über meinen Knien."

„Jetzt?"

„Jetzt."

„Aber …"

„Wir sind allein in der Wohnung, deine Mitbewohnerinnen kommen frühestens in anderthalb Stunden wieder."

„Woher weißt du das?"

„Ich bezahle dafür."

„WAS?"

„Jede zwei Cocktails."

„Das glaube ich einfach nicht."

„Aufstehen, Anna, und ausziehen. Jetzt."

Ihre Knie werden weich und ihr Herz galoppiert im Walzertakt. Sie springt auf, öffnet den Bademantel und lässt ihn achtlos auf den Boden fallen. Max hat sich aufgerichtet und betrachtet ungeniert ihren Körper.

Bedächtig dreht er sich halb, setzt die Füße auf die Erde und öffnet die Knie. Er deutet zwischen seine Beine. „Hierher, Maus."

Glückshormone sausen durch ihren Körper. Ohne zu zögern, kommt sie heran, krabbelt über sein rechtes Bein und lässt den Oberkörper auf die Matratze sinken. Der Stoff seiner Jeans reibt rau über ihre Haut. Er schließt die Beine wieder etwas, sodass ihre Oberschenkel locker eingeklemmt sind, und Anna greift mit beiden Händen ins Kopfkissen, als müsste sie sich daran festhalten.

Sanft kämmt er mit den Fingern ihre Haare zur Seite und streicht über ihren Rücken und ihren Po. „Die Striemen sind immer noch zu sehen", stellt er fest und fährt sie mit dem Zeigefinger nach. Ein Schaudern läuft durch ihren Körper und sie stöhnt leise. Im Bad hat sie sie gerade selbst erst im Spiegel stolz und glücklich betrachtet.

Max massiert ihre Pobacken, streichelt zärtlich durch ihren Spalt, und sie öffnet seufzend, in der Hoffnung, ihn zu verleiten, seine Finger tiefer rutschen zu lassen, etwas die Beine.

Er tut ihr den Gefallen, zupft an ihren Schamlippen und verteilt die Nässe aus ihrer Vagina um ihren Eingang herum und auf ihrer Klit. Ihre Muskeln zucken, sie windet sich unter seiner Berührung.

„Mmh …" seufzt sie und er küsst ihren Nacken. Seine Hand wandert wieder auf ihren Po. Er beginnt mit leichten Klapsen.

Oh Gott, ist das gut. Das Kribbeln auf ihrer Haut verstärkt sofort die Erregung. Schneller atmend rekelt sie sich unter ihm.

„Ich liebe deinen Po, Anna."

„Und ich liebe deine Hand."

Er lacht leise. „Ich denke, das überlegst du dir gleich anders."

Er schlägt überraschend heftig zu und sie bäumt sich mit einem Schrei auf. „Au!"

„Gib mir deine linke Hand, Maus."

Stöhnend gehorcht sie und legt den Arm nach hinten. Er umfasst das Gelenk und drückt es auf ihren Rücken. Auf die Art hindert er sie effektiv daran, ihm mit dem Oberkörper auszuweichen. Anna weiß, was das bedeutet. Umgehend quillt heißer Liebessaft aus ihrer Vagina.

Und dann genießen sie es beide ausgiebig und ausführlich, hemmungslos und schamlos. Streicheln, leichte Klapse und heftige Schläge, die ihren Po schnell dauerhaft brennen lassen.

„Wunderschön", raunt Max, als ihr längst Tränen die Wangen hinablaufen und ihr Po brennt, als ob sie stundenlang unter einem Solarium gelegen hätte. In ihrem Lustzentrum tobt die Erregung.

„Bitte, Max", jammert sie und reibt mit ihrem Bauch über seinen längst harten Schwanz.

Mit einem Stöhnen hebt er sie hoch und wirft sie sofort wieder auf die Matratze. Er steht vor ihr und reißt sich die Klamotten vom Körper. Kichernd betrachtet sie ihn.

„Ich liebe es, wenn du zum Macho-Neandertaler wirst."

„Das ist sehr gut, denn ich werde dich jetzt hart nehmen, mein Mäuschen, so hart, dass du drei Tage lang wund sein wirst."

Oh Gott. Wenn er so etwas sagt, bekommt sie fast vom Zuhören schon einen Orgasmus. Er drängt sich zwischen ihre Beine, hebt ihre Oberschenkel an und ihre Unterschenkel landen auf seinen Schultern. Mit einem festen Stoß ist er in ihr, umfasst mit beiden Händen ihre Taille und fickt sie tief und herrisch.

Anna schreit leise auf, bebt, zuckt, jammert und heult, während er immer wieder tief in sie eindringt.

Der Orgasmus kündigt sich an, alles in ihrem Körper zieht sich zusammen und er richtet sich auf.

„Jetzt, Anna" knurrt er und sie heben gemeinsam zu einem Rundflug in die Weiten des Universums ab.

ENDE

Autorin

Sara-Maria Lukas, Jahrgang 1962, sagt „Moin" statt „Guten Tag". Unter dem Pseudonym verbirgt sich eine gebürtige Bremerin, die seit vielen Jahren in einem klitzekleinen Dorf zwischen Elbe und Weser wohnt. Sie liebt das raue Klima der Nordseeküste nicht nur, wenn die Sonne scheint, sondern erst recht bei Sturm und ordentlichem Wellengang.

Das Schreiben ist seit der Kindheit ihre eine große Passion, das Leben im Einklang mit der Natur die andere.

Sara-Maria Lukas bezeichnet sich selbst als hoffnungslos naive Romantikerin. Nichts kann sie davon abbringen, an die wahre Liebe, die Macht der gelebten Toleranz und das Gute im Menschen zu glauben.

In ihren Romanen verknüpft sie auf eine ganz eigene sympathische Weise prickelnde Erotik mit viel Humor, Herzlichkeit und großer Liebe.

Website: www.sara-maria-lukas.de
Facebook: Sara-Maria Lukas - Autorin

Ebenfalls erschienen:

Hard & Heart 1: Die Entführung des Kolibris

Hart & Heart 2: Kein Safeword für die Fledermaus

Hard & Heart 3: Die Zähmung der Haselnuss

Hard & Love 1: Shut up, Kätzchen!

Jazz Winter
Las Vegas Gigolos: Passion Games
Erhältlich als Taschenbuch & eBook

Von der besten Freundin betrogen und einem Goldgräber fast das Ja-Wort gegeben! Die Architektin Roxanne Carmicheal ist es leid, dass die Kerle nur hinter ihrem Geld her sind. Ihr größter Wunsch: Einmal nicht sie selbst sein zu müssen - wenigstens für eine Weile.

Roxanne beschließt, die Stripperin Lita nach Las Vegas zu zu begleiten und dort in die Rolle der Barkeeperin Roxy Michael zu schlüpfen.

Ihr neues Alter Ego ist überraschend anders und mutiger. Schon am ersten Abend in der Stadt der Sünde trifft Roxy den attraktiven und dominanten Kaydan Hawk. Was als One-Night-Stand gedacht war, entwickelt sich rasant zu mehr.

Während Roxy ihre wahre Identität vor ihm verschleiert, hat auch Kaydan ein Geheimnis: Er arbeitet als Gigolo für die Eskortagentur Devils4Angels. Doch die Wahrheit kommt immer ans Licht - früher oder später ...